陈巨锁 著

隐堂散文集

陳巨鎖自署

山西出版传媒集团

三晋出版社

出版说明

　　陈巨锁先生是我国书坛的章草大家，他生长于原平，工作于忻州，致力于艺事，未曾离开故土，却已是书名播于华夏了。有关陈先生的成就，他的好友，上海百岁老人周退密先生有所评述："先生生长于忻州，沐山川之灵气，得遗山之诗教，以绘事名噪朔南。予常读其诗文，均秀发有逸气。"我们以为，陈先生首先是热爱乡土的文化人，同时是一位胸怀天下、饱览山川、广纳艺术精华的艺术家。他的散文，集中于怀乡、情亲、壮游、艺事，是生活、感悟、虔敬的集中表现，诚如周老所言，秀发有灵气，特立于当代文坛，现有《隐堂散文集》、《隐堂琐记》、《隐堂随笔》、《隐堂丛稿》等行世。其中，《隐堂散文集》刊于一九九五年，是先生第一部著作，开启了其清新简洁的文风。书前有我国著名版画家力群先生的序言，对作者的散文成就予以高度评价。本次再版，一仍其旧，足可见出作者壮年时期的文风和艺术交往，惟读者诸君鉴之。

三晋出版社

二〇一三年七月二十六日

序

力 群

我和陈巨锁先生交往，深知他是名扬中外的书法家，尤以章草为人所赞佩。后来知道他同时也是画家。他送我一幅芭蕉黄菊的中国画，真是笔墨酣畅，枯润适宜。在题词时，用李清照的"莫道不消魂，帘卷西风，人比黄花瘦"，使作品富有诗情。大概是书画同源之故，陈巨锁把他在书法上的功力很自然地用在了国画上。我至今还保存着他的这幅佳作。

最近他从忻州来太原参加省人民代表大会，随将他准备付梓出版的一本《隐堂散文集》给我，并请我写序，始知巨锁先生不仅是当代中国的书法家、画家，同时也是一位散文作家。我看到他这厚厚的一本文稿，顿感自己孤陋寡闻，虽然我也喜欢写作，但实在所知甚少，有愧同道。

拜读之后，才知道巨锁先生虽人在中年，而已做到"读万卷书，行万里路"，祖国的名山大川他都走遍了，真不简单！他古文底子深厚，知识广博，作画作文因而便不同凡响。我读他的游记，有如读王勃的《滕王阁序》和苏东坡的《赤壁赋》，其用词之精微，声韵之铿锵，意境之深邃，皆引人入胜。我特别喜欢其中的《金山湖记》，描写得令人如入画境，文中说："湖不大，一千来亩，却装得下那长天云影，青山丽色，偶有风至，波起影动，扑朔迷离，诡秘多变，高深莫测。湖因山而得嘉名，山为湖平添姿色。"这段精美的描写既可看出作者古典文学的功底修养，也显示了他对描写对象的美好感受。我特别欣赏"却装得下那长天云影"中的"装得下"三字，用得很妙。其他如："雾林烟草中，野兔出没；长天碧空下，雁阵惊寒。"也是很美的骈偶句。虽然"雁阵惊寒"来自王勃的《滕王阁序》，但用在这里，就更有助于增强文章的声色。

陈巨锁除了写游记，也有写人的文章，其中如《赵延绪先生》一文，我就很感兴趣，因为赵延绪既是他的恩师，也是我的恩师。虽然我于一九二七年就受教于赵先生，历五年之久，但我知道的赵先生一生的经历却太少了，陈巨锁在这里既写到赵先生的作品，也写了赵先生的人品，他真是我们可敬的师表。对于赵先生如此详细的记述，也算是为他立传吧，这是很可贵的。

当蔡润田先生在《散文散论》一文中论及陈巨锁的散文时说："此公以文言句法、格调来写游记，既无欧化句式修饰词的叠加，也无纯白话的浅直散漫，其笔墨之洗炼、简洁，似有柳柳州的笔致。时下，如此古雅的格调已不多见。偶然寓目，反觉清新！"

我把蔡先生的入木三分的评论引来，作为我的序文的结尾，是因为向读者介绍《隐堂散文集》莫过于如此概括精到的文笔了。

目　录

十里山行故乡情

元宵节前，我回到了阔别多年的故乡。那故乡的变化呀，真让人刮目相看了。不说别的，就连村西那杂草丛生、狐兔出没的荒野上，也建满了房舍。瓦屋鳞次栉比，杨柳漫坡夹道，把当年的张家院和村西的文殊寺连成了一片。

文殊寺早已不存在了，但留在脑海中的记忆，轮廓清晰恍然如昨——在一个高岗之上，有一座古老的寺院，坐北向南，正殿即是文殊殿，内塑三佛、四菩萨、二天王。那佛爷高踞须弥座上，佛光四射，庄严肃穆，却有些冷冰冰的感觉，只有那慈祥的菩萨，身子微俯，露着浅浅的笑容，才让人亲近呢。至于那站殿的二力士，横眉怒目，委实让我害怕过。据说这二力士在晚上还要在寺院中走动呢，也许就是巡逻吧，然而我却有点怀疑。有一天，我便悄悄地把一把麦糠放到力士脚面上，到第二天，麦糠依然如故，根本没有洒下走动的痕迹来，事后我将此事写入了日记，先生还夸奖我"聪慧"呢！

文殊寺西厢北端一间是伽蓝殿，有一尊伽蓝爷是我从小的"结拜"兄弟，这是祖母为了我的长寿而认的。祖母每年领我上庙进香，住庙的老善友敲三声"噌吰"大钟，祖母烧几份香纸，我也磕三个响头，然后老善友把一根"长命"红头绳给我系在衣扣上；祖母把一份供礼送给住庙老人，我便吃着油炸茶食跟着祖母回家去。

寺院的南面是一座南楼，下层兼作山门，扶楼梯上去，豁然朗达：寺门前是一片沃壤，永兴河由西而东日夜喧嚣，临河而建的水磨，发出"吱吜、吱吜"的音响；河南大梁上有一座神秘的古堡，古堡中的乔松在清风里摇曳着。我常独自坐在南楼上对着白云萦绕的古堡出神。

寺门外有一对小石狮子，造型古朴，逗人喜爱。石阶磴道从山冈下的小渠边排到寺门口，中间还有个"之"字拐。夹道的马兰花芬芳馥郁；护门的大松树，老干斑驳，虬枝凌空，少说也有上千年的历史了，松影婆娑，松涛瑟瑟。文殊寺东面毗连小学堂，小学堂前院中有一棵姿态奇特的紫荆树，每年仲春，繁花盛开，香气四溢，清醇醉人。每当先生外出，淘气的孩子们，便爬坐在枝杈上，活像一群小猴子。

由村子向西而去，走完寺门道，经石门沟口，向南过流水哗哗的永兴河，爬上石板坡，便是通往跌水崖沟的通道"寺塔坪"。这寺塔坪，从小不曾记得有什么塔，却有一棵小桑树，是我永久不能忘怀的。大约是十来岁的时候，我用木条盘养着几十条蚕宝宝，说是我养的，实际上是母亲帮我料理着，我只是提供他们饲料。炎热的夏天，趁中午放学时，我便独自跑到那三四里处的寺塔坪采桑叶，有时过午不归，母亲便到村口来瞭望。一见面，总是瞪我几眼，怨我跑得太远了，太久了。到第二年，母亲便把那些蚕子送给了别人，为此，我和母亲还哭闹过一场。现在，来到寺塔坪，那棵桑树依然健在，而过早逝去的仅活了三十二岁的母亲，瞪我的面孔却不时闪现，那严肃的"瞪目"中蕴藏着多少关切和爱昵呢！这寺塔坪上，到处长满了杨桃梢。地处山区，每遇荒年，人们便采集杨桃叶和饭吃。有一次，我也随着几个同年方纪的叔叔和姑姑到寺塔坪砍杨桃梢，从小瘦弱，腕上没力，手一软，镰刀便落在脚面上，鲜血直流，姑叔们忙把我衣服上的补丁撕下来烧成灰，给我按在伤口上，再用布条包扎起来。回家时，我一拐一拐地背着一小背姑叔们分给我的杨桃梢。时隔多年，杨桃叶的苦涩滋味忘得一干二净了，而那伤疤却永远停留在脚面上，每当我看到伤疤时，我便想起了砍杨桃梢的往事，想起了为我包扎伤口的九姑姑。

坐在寺塔坪的青石上，使我神往的是那当年祈雨迎神的场面。五黄六月，久旱不雨，天干地裂，禾稼枯黄，父老们无不焦急万分，仰望长天。那情景，酷似徐悲鸿先生所作的油画《徯我后》。每到此时，村里的老宿们便发起了"祈雨"的"盛举"，来求助于神灵的恩赐了。我们村二十多里外有个叫"达达店"的地方，那里有一尊一尺多高的神像叫"直（音赤）流爷"。祈雨时，村中推举两位"善友"，带一份供礼和一条麻袋，徒步到达达店，烧香礼神，第二天拂晓，便悄悄地将这"直流爷"头朝下装入麻袋，背起便跑，庙主人发觉，假追一阵，便返了回去。这叫做"偷直流爷"。这"偷神"和"倒装"未免不恭，也许神灵是不会计较众生的。当"偷神"的善友在崎岖的山道上奔波时，村里正作着迎神的准备。人们临时用学士椅子绑扎一个"爷爷楼儿"（即神龛），两个人抬着，走在一个古老的仪仗队后面，这仪仗队，前面是一面大铜锣，喤喤开道，接着是一面蓝色大旗在锣声中震荡，随后有"回避"、"肃静"、"立瓜"、"卧瓜"、"朝天蹬"之类的各式仪仗，这些玩意儿都是用学堂中我们这些小学子扛着，善友们端着供物，神态威严地走在中间，周围还跟着一大群赶不走的顽皮孩子，大家都赤着脚，戴着柳条扎的凉帽，浩浩荡荡走出村来，好不威武，俨然是戏台上出将的架势，古老的山庄顿时热闹起来。队伍来到寺塔坪官道口，恭候那"直流爷"的到来。一旦接到"探子"报来"神到"的消息，大家便跪了下去，把神像倒出口袋，端正地安置在圈椅里，然后大家熙熙攘攘地返回文殊寺，将"直流爷"安放在正殿的佛坛前，两方有本村的龙王爷陪侍着，下面便是祈雨的善友们轮流跪供了。在祈雨的日子里，人们不时引颈长天，倘若碧蓝的高空飘过几片白云，便觉得是"直流爷"的"灵应"，若在三五日内降一场喜雨，人们更感谢神灵的恩泽了。到秋闲季节，唱一台"谢雨戏"，把"直流爷"和龙王爷从文殊寺请到戏台对面的神厅内，让他们也舒舒服服地看几天戏，然后用一个新制的神龛把"直流爷"送回达达店。"祈雨"的"盛举"方告结束。"迎神"和"社戏"那严肃和热闹的场面，在我儿时的心目中，倒是留下了深刻的印象。

当我收回这些往事的遐想时，已经走过了斜道，又沿着河谷，漫步在山路上，那水泉沟、窑子沟、槽子沟、三人沟、尽柴背、褡裢沟、寺南沟的景色，实在让人目不暇接，山峰起伏，姿态各异，或雄宏，或峭拔，有的青草覆盖，有的杂树丛生，有的孤峰独立，有的怪石嶙峋。那水泉沟的清泉，天旱不涸，只是太细了；严冬不冰，还蒸腾着热气，水中荇菜，碧生生的随波晃荡。那褡裢沟的山溪，每到春天，溪水解冻，奔流不息，从无倦意，永葆活力。而走道沟的烧山药，想起来比那山珍海味还香呢。背柴下山，在路旁歇了肩，刨几个山药蛋，架一堆篝火，湿柴冒着青烟，发出乒乓的声响。不一会儿，山药烧好了，小伙伴们吃着虎皮虎皮的山药蛋，并在清溪中喝几口"爬爬水"——手托石块，双膝而跪，俯身下去，以口汲水，才饮几口，清凉遍体，那才来劲呢。

前面到善友沟坪，有人说这是一块风水宝地，传说文殊寺当初就建在这里，不知什么时候才迁到村西的。现在这里还留着两块大磐石，便是人们所说的左石鼓右石砚。磐石后面新建一排砖瓦房，是大队鹿场的办公室和宿舍。

鹿场有三位工作人员，大都四十开外的人了，有两个还是我小学时的同班同学，他们见了我有点隔膜，不像当年那么亲切，我也不敢直呼一位叫"山鸦鹊"同学的绰号了。他们养着四十多头梅花鹿，白天在山野中放牧，晚上赶回了鹿砦，这是一个用大石块围起的八尺多高墙壁的大囫囵，也有几间有屋顶的鹿圈，可供鹿儿们聊避风雨。这些鹿，每只都有名字，它们与主人很亲热，主人抚摸着它们，它们依偎着主人，但当我这个不速之客走过去，它们竖起了耳朵，甚有戒意，你一走过去，它便跳开来。鹿的弹跳能力是很强的，有的鹿有时深夜越墙而走，几个月后才转回来。这些鹿，每年产羔子、锯鹿茸，也给大队增加三千多元的收入呢。此外，这里还有苗圃、牛囫囵、马囫囵，是植树和放牧的好处所。

鹿群要出坡了，我握别老同学，再沿河谷行进，前面到磨石湾。这里奇石叠错，相映成趣，看似危然欲坠，然而千百年来，风雨不动，杂然横陈，供人欣赏，任人品味。过了沙崖沟，便是惊心骇目的石镩前崖，但见那峭壁摩天，白云飞渡，几只老雕，盘旋崖前，扶摇直上，倏忽无踪。再前行，是红条背、跌牛沟、四家沟，这都是农民们在冬闲季节割山柴、伐荆条、砍山货、搞编织卖现钱的聚宝盆。春天入山，山桃花、野玫瑰，争芳斗艳，一丛丛，一簇簇，临风如醉。夏秋入山，却又像到了花果山，油荷荷、面果果、马茹茹、林蓁蓁、羊角角，还有山葡萄、山桑葚什么的，任你挑、任你选，或甜或酸，或酥或软，山桃野果，分文不收。吃足了，孩子们欢乐地砍起山柴来，或放歌，或长啸，或学鸟鸣，或学狍叫，那是再快乐也没有的。说山柴，那是朴榆，这是椴朴，这是红心柳，那是杏枝，拖肚上结和尚头榛子，白胡槿上长毛榛，六道木传说就是杨家女将穆桂英使用的降龙木；那冬夏柔软的红暖条，光洁玉润，红如玛瑙，俗称媳妇条；而"植儿梢"，人称红柴，大年初一，人们用它煮饺子，取其吉祥之意。那顽槿叶子是小羊羔的毒药；而楸子树，却又是山水画中的"鹿角"……山中的一草一木，我是那么熟悉，又是那么亲切，见到它们，如同见到少年时的同窗好友，我抚摸着这一草一木，似乎童心萌发了。

山回路转，迎面来到遐迩闻名的"崞县八景"之一"石神瀑布"的跌水崖，那是多大的气势呀，一匹素练，直挂青岩翠壁之上，岩石间，杂树凌空，几十只野鸽子站在山石上，"哥咕"而鸣，山幽谷静，回音韵长。说也奇怪，有瀑布，却无澎湃之声，这是因为我这次来跌水崖探胜，还是在早春二月，水未解冻，簸箕湾流出的暖泉水，在这高岩大壑上，化为了冰瀑，晶莹透亮，闪烁生辉，俨然是冰雕玉琢的。若在盛夏雨后而来，未到其地，先闻其声，身行崖下，寒气逼人，加之山禽和唱，野果交辉，你也许认为是误入花果山水帘洞了。故乡的山竟是这么美，故乡的水竟是这么醇，故乡的草木竟是如此的可爱。我不禁吟道：山行无长路，一片故乡情。往事落寒泉，童心系高藤。老桑识似旧，新鹿记未曾。忽闻声清越，幽谷鸣鹁鸪。

天涯石鼓

从小山居，对高山大岭、深谷小溪便有一种特殊的感情，每到一地，总想抽暇游览，似乎与山水结下了不解之缘。近年来，得以壮游祖国名山大川，东凌泰岱，西上华岳，北登恒山之巅，南极潇湘之水；泛舟漓江，饱览桂林名胜；小住黄山，饫赏云海奇观；岭南西樵，赣北匡庐，流云飞瀑，变幻多姿；雨中太湖，月下西湖，给我以神奇莫测的印象。饱游饫看，直可拓胸襟，开眼界，长知识，启灵扉，壮笔墨。祖国的壮丽河山啊，使人情倾神往！登山，情满于山；观海，意溢于海。

在碧云天黄花地的金秋时节，我有幸再次到故乡的名山——原平县天涯山一游。

出原平县城，一条大路，向东而去，道路两旁是丰收的"万亩方"，种满了高粱、玉米、谷子和豆类，还有蔬菜什么的，这一切好像是用玛瑙和翡翠镶嵌的图案，也好像是用彩霞和珍珠织成的云锦。谁曾想几年前这里还是蛙声咯咯的盐碱滩呢！这该付出多少心血和汗水，才换来丰收的喜悦！欣赏着悦目的景色，同行者不禁发出"啧啧"的赞叹声。

车转了九十度的大弯，正北而去，一直到"油篓山"下。这里是旧地重游，便勾起了我的一段回忆。孩提时，曾有一次跟随祖父在这里赶庙会。荒郊河滩，一座小山，顶上有几间古庙，庙内神像威严，使我不敢正视。庙前有个"捞儿池"。少年的心理，哪里知道"劳什子"的用意，也很想捞几个玩玩，然而祖父将我拉走了。那些卖小玩意儿的，有小鸟口哨、小泥人、羽毛做的转铃，红红绿绿，五花八门，吸引着多少眼馋的孩子们，我也不忍离去。天色不早了，买几个锅贴儿吃吃，穿一串麻叶带回去。结束了一天的郊游，幼小的心灵，也觉得很为满足，至今回忆起来，还很有滋味呢！今天登上"油篓山"，庙宇荡然无存了，所欣慰的是，眺望滹沱两岸，田园如画，稻谷飘香。十几孔的拱形大桥，横跨滹沱河上，西接"油篓山"，东至天涯山脚。远远望去，桥如长虹，又如洞箫。滹沱河由北而南，出拱桥，便豁然开朗了。

车过"红旗大桥"，绕过一个树林掩映的村了，爬上一个漫长的黄土坡，便到了石鼓祠。祠院坐北向南，山门和"鼓殿"建在石砌高台上，台上和台下共有四根石旗杆，亭亭玉立，高插云天。台上，还有一棵酸枣树，老干斑驳，饱经风霜，枣叶都落尽了，枝条上还挂着未落的红溜溜的圆枣，装点着秋色，实在喜人。

"鼓殿"内供着介子推像，后壁上画着三十二幅有关介子推故事的连环画，人物造型严谨而不呆板，衣纹服饰的线条挺劲而流畅，设色富丽而不庸俗，看上去，这是具有很高绘画技巧的民间艺师的手笔。

石鼓祠，实际就是介公祠。出庙门，台阶下是一个很宽绰的戏场，场南有三间北向的乐台。"每年寒食三日，左右乡民，咸来祈赛，及游人行客车马，往来焚香瞻礼者，不可枚举。"据介绍，过去一年一度的"石鼓庙会"，热闹非常。自从"文化大革命"以来，传统剧目被赶下历史舞台，"样板戏"又哪里能在这"四旧"的舞台上演出呢。此后，这里就很少有人问津了。所幸乐台未因"四旧"而破，至今安然无恙。乐台的四条明柱上有两副对联，书法流畅可爱，虽经风剥雨蚀，却还依稀可辨，兹录于下。

其一：

名利交迫，扮几场争夺情形，如觅蝇头，如居蜗角。
善恶两分，写一本彰瘅榜样，俨披鲁史，俨谱毛诗。

其二：

上下数千年史书，偌大坛场演就。
新旧几百章乐谱，等时歌舞尽之。

在"文革"时，旧舞台上的剧目看不到了，然而在社会这个大舞台上，戏剧始终没有停演过，那些风云一时的"历史人物"，谁个善，谁个恶，不是很清楚么！那些追名逐利，助纣为虐，卖身投靠的丑类们，也不是个个身败名裂了么！

"天涯，崞邑（原平县原名崞县）之名山，石鼓乃八景最尤者。"

"鼓殿"背后，便是天涯山，其山拔地而起，直刺苍穹，山头群峰罗列，森严壁垒，攒三聚五，英姿挺秀，各具形态，难以名状。这些山峰，迎来朝晖，送走夕阳。披星戴月，更觉灵奥幽深。至于三九寒天，北风呼啸，大雪弥天，四围山色，一派银装，独此天涯奇峰，山崖壁立，难于积雪，偶有所积，也为大风吹去，青青峰峦，更显奇绝。这便是"天涯晓雪"的景致了。前人有诗赞道：

天边镵削一峰青，不与诸山并列形。

白雪满空峰独晓，孤标万古秀滹汀。

"鼓殿"左侧，有一座状如马鞍的小山，叫做马鞍山，山石黑而岩质坚，上面点缀着古铜色的锦花和苔藓，有如甲胄。试想远古的天王和力士手执兵器，稳坐这马鞍之上，巡逻于滹沱河畔，那该是一种多么壮阔的情调啊！

马鞍山内侧与"鼓殿"之间，便是那遐迩闻名的"圆列岩腰非土筑，空悬岭足待神挝"的"石鼓"了，据碑记所云："石鼓""嘉名出于大卤，不雕琢与镌磨，乃天生于亘古"。此"鼓"确实奇特，我想了一个形象的比喻，但未免有些小巧。"石鼓"如同一个巨大的铁勺倒扣下去，勺头前端抵在山岩上，勺柄末端着地，将此"石鼓"支撑得四平八稳。游人从石鼓下面穿插而过。有风的日子里，坐在"鼓"下，听听"鼓声"，那才过瘾呢。我去的日子，连一点微风也没有，也就不能领略"鼓声"中的韵律了。这声音也许与苏东坡游"石钟山"时所听的"钟声"是一个道理吧，但是我没有去仔细地考究它。

天涯灵秀，石鼓奇特，向来为人们所乐道，然而我却更爱这里的"莲花山"。山不高，与马鞍山隔沟相望，巨大的花瓣，一片覆盖着一片，匀称饱满，欲放而又含苞，"石鼓"却又像它的一片荷叶。每当初日相照，红光灼灼，姿态妩媚，景色动人。

"聊为一驻足，且慰百回头"。在天涯山玩了半日，似乎未能尽兴，回来的路上，还是不住地回首瞭望。天涯山，美极了，我想起金代诗人元好问游天涯山写过的一篇壮美诗篇：

> 九州上游推大卤，独恨山形颇椎鲁。
>
> 天涯一峰今日看，快似昂头出环堵。
>
> 何年气母此融结，鬼凿神劖未奇古。
>
> 八窗玲珑透朝日，洞穴惨淡藏雷雨。
>
> 名花锦石粲可喜，乞与云烟相媚妩。
>
> 半空掷下金芙蕖，想得飞来自玄圃。
>
> 传闻绝顶更灵异，云是清都群玉府。

五云飞步吾未能，风袂泠泠已轻举。
东州死爱华不注，向在陋邦何足数。
敬亭不著谢宣城，断岸何缘比天姥。
酒船何时朝复暮，倒卷溥沱浣尘土。
唤起山灵搥石鼓，汉女湘妃出歌舞。
诗狂他日笑遗山，饭颗不妨嘲杜甫。

紫塞雁门行

那还是七年前的深秋，我在一个丹桂飘香的日子里，于羊城的流花湖新村，访问了岭南著名的书画家方人定先生。七十三岁高龄的方老，对北方的来客，尤为热情。谈话的机锋很快就转到了老人在一九六四年随同广东画家黄新波、关山月、余本的北国之行。他说："六朝诗人鲍照的名句'南驰苍梧涨海，北走紫塞雁门'，把我们引上了雁门关，那是一个大雪纷扬的日子，千山披素羽，万树放梨花，我们骑驴踏雪入雁门，充满了无限的诗情画意，至今回味起来，还有一股清韵呢！当时我还作了两首歪诗，以志其胜。"老人说着拿出一册《人定诗稿》，见赠于我，并吟哦起他的诗句来："南国北来万里情，远游那复计归程……"听着方老吟唱，不禁使我有些感愧了，我这个久居山西又常往代县的"雁门常客"，却没有上过雁门关，似乎对历史的胜迹欠下了一笔债务。

一晃又是几个春秋，时到今年，才夙愿以偿，走访了雁门大地，并登上了雁门关。盛夏，宿雨初晴，暑气顿消，但见滹沱河，水绕稻田；勾注山，峦映朝辉。在这良辰美景中，一行数人，循着昭君出塞的故道，向雁门关进发。不过，我们不是骑骆驼，而是乘坐吉普车，坎坷不平的鸟道早已为宽绰平坦的阳（阳明堡）集（集宁）公路所取代了。

谈笑无长路。车出代县城，西行十里，到阳明堡公社的古城大队，据说，这里是古广武城的遗址，我们在土城墙下，寻觅着古陶片，谈古论今，漫话沧桑。不知是谁念了两句古诗："征骑屯广武，分兵救朔方。"便发我思古之幽情。那是公元前二百年，西汉初定天下，匈奴围攻马邑（今朔县），汉高祖刘邦"自往击之"，曾驻兵广武，中匈奴冒顿诈败之计，误入平城（今大同），被困七日，始得解围。时值隆冬，风雪交加，士卒被冻掉指头的十有二三，为国捐躯的壮士，用鲜血染红了雁门的山石。真是"时危见臣节，世乱识忠良。投躯报明主，身死为国殇"。说来也巧，就在这块土地上，于抗日战争初期，写出名标青史的"火烧阳明堡飞机场"。

那是一九三七年八月底，口寇从茹越口、雁门关突破晋北防线，原阎锡山阳明堡飞机场就变成了日军精锐部队香月师团的大本营。九月十九日深夜，我八路军一二九师七六九团的战士们，机警地摸过滹沱河，直入阳明堡。以迅雷不及掩耳之势，炸毁了全部敌机二十四架，击退了敌人的六次反扑，顺利地撤出战斗。营长赵崇德同志，英勇进击，为国牺牲了，他和烈士们的热血，浇灌了雁门大地，这块土地上长出来的青草，似乎也呈现了紫红的颜色……

在古广武城的遗址上，我深情地拾起几块古朴的陶片、几粒殷红的石子，采一束馥郁的野花、一捧绛紫的芳草，装进我的行囊，又和同伴们上车赶路了。

车行不久，来到太和岭口大队的村头，一眼极为普通的窑洞前，聚集着一伙人，一块鲜红的木牌耀人眼目。我们将车停放在路旁，走到木牌前，诵读那上面的介绍，写的是一九三七年夏天，周恩来同志在薄一波同志和续范亭同志的配合下，在这里与阎锡山进行了紧张而激烈的谈判，达成了一系列联合抗日的协议。这窑洞原为普通农民的住室，室内陈设如旧，简朴净洁，窑洞四周，白杨参天，山花纷披。我徜徉于窑洞前、花丛中，发现在这山花野卉中，也似乎凝聚着老一辈革命家的无限心血，面对这些低矮的小屋和那貌不惊人的花木，不禁肃然起敬了。

怀着恋恋之情，离开太和岭口，地势渐转险要，但见群峰夹道，危岩壁立，杂树丛生，荫天蔽日。山风吹过，呜呜然山鸣谷应。就在这形胜之地，一九三七年夏天，一二〇师贺炳炎团，曾伏兵于此，出其不意，袭击了日寇辎重队，击毁汽车五百多辆，歼敌寇一千余人，大创日军锐气。这便是抗日初期名震四方的"雁门关伏击战"。战前，贺龙同志和关向应同志，曾亲临现场，察看了地形，部署了战斗，当时还拍摄了一张珍贵的纪念照，这照片，至今还悬挂在北京军事博物馆的展厅内。

　　车过黑石头沟以后，便离开了雁门古道，绕勾注山新开发的盘山公路螺旋而上。这勾注山，据《河东记》所云："云以山形勾转，水势注流为名。"行进中，时有大雾袭来，瞬息间，天光、山色融为一体，混混沌沌，不知所至，数步之外，道路不辨，开亮车灯，缓缓而行。灯光透雾，迷迷蒙蒙，如入化境，渐欲登仙，但觉高处不胜寒。蓦地，山风呼啸，大雾翻卷，缕缕云带，飘落山间，卧地枕石，悠然而歇了。那峰峦又沐浴在阳光之下，珠光水气，斑斓夺目，闪闪烁烁，有如金盔银甲，这景色，使我神驰古代，意入遐方。一时间唐朝诗人李贺的《雁门太守行》涌上心头："黑云压城城欲摧，甲光向日金鳞开。角声满天秋色里，塞上胭脂凝夜紫。半卷红旗临易水，霜重鼓寒声不起。报君黄金台上意，提携玉龙为君死。"

　　突然，开山取石的一声轰鸣，把我从沉思中惊醒，车已从山头俯冲到沟底，在山脚下离开了阳集公路，向右转了个大弯，在河谷间颠簸五里，就到了雁门关大队。

　　雁门关大队在关外，瓦屋鳞次栉比，杨柳扶疏掩映，那花栏墙上的盆栽，正争奇斗艳，临风摇曳着。临街的小学校，传出阵阵书声。几只老母鸡在谷场上晒太阳，被谁家淘气的孩子赶出来，"咯咯"地飞跑着，换了个地方，又无声息地卧下去。一切都是那么恬静、自然、温暖和舒适，这情景，一洗我少年时读唐诗对雁门所得的印象："黄云雁门郡，日暮风沙里。千骑黑貂裘，皆称羽林子。金笳吹朔雪，铁马嘶云水……"这恰是方人定先生的那两句诗："雄关战地成陈迹，喜见农村变乐园。"吉普车停在村外的柳荫丛中，碧草滩上。同行者，跨过淙淙的山溪，踏上峻嶒的石磴，步履艰难地登上了久已神往的雁门关。这雁门关据《天下郡国利病书》所载："雁门，古勾注西陉之地。重峦叠嶂，霞举云飞，两山对峙，其形如门，而蜚雁出于其间，故名。"《代州志》云："周设险于此，汉魏晋时，并以勾注为塞。唐置关于绝顶，元时关废，明初移今所。"

"天下九塞，雁门为首"，真是名不虚传，雄关依山傍险，高踞勾注山上。东西两翼，山峦起伏，山脊长城，其势蜿蜒曲折，东走平型关、紫荆关、倒马关，直抵幽燕，连接瀚海；西去轩岗口、宁武关、偏头关，至晋右严疆黄河边。关有东西二门，门以巨砖叠砌，过雁穿云，气度轩昂。门额分别雕嵌"天险"、"地利"二匾。东西二门上，曾建城楼，巍然凌空，内塑杨家将父子群像。东城外，建有李牧祠并刻有碑铭，可惜城楼和李牧祠早在日寇侵华时遭焚，那傅山先生所书的"三关冲要无双地，九塞尊崇第一关"的对联也随之化为灰烬了。在"十年浩劫"中，又有一些不肖子孙，拆走城砖，砍伐树木。抚今追昔，能不慨叹！劫后所余，东城门外，尚有古松数株，傲然苍穹，松下丰碑巨碣，有的挺立龟趺，有的杂陈荒草，石狮子睨视群山，石旗杆比肩碧霄。我们漫步关头，徘徊碑下。凭高远望，群峰纷沓，烟树苍茫。那如丝的白练是滹沱河，那似带的黄绢是桑干水。俯瞰山谷，山坡上浮动的是白云呢，还是羊群？田畴间呈现的是彩虹呢，还是喷灌？耳际的阵阵声响是山风松涛呢，还是古昔的战鼓金笳？我摩挲着李牧碑，这位战国末年的赵将，长期守卫着赵国的边疆，曾打败东胡、林胡、匈奴，屡建功勋，又在率军向秦反攻时，在肥（今河北晋县西）一战，大破秦军，因此被封为武安君。有谁可曾想到，这样的忠臣良将，却死于赵王的屠刀下，那是因赵王中了秦国的反间计。读着李牧碑，忽然想起"十年浩劫"中的许多人和事，不禁感慨系之！

临风思绪多。在雁门关，我追踪着历史的足迹，不觉天色向晚，已是红霞满天了。古雁门披起了红色的斗篷，古长城戴上了红色的披风，勾注山的岩石、草木都变红了，变紫了，在暮色中，那古塞雄关苍苍茫茫，浑然一体，俨然是一位全副披挂的将帅，巍巍然伫立于天地之间——这便是我所见到的紫塞雁门了。

读书山·野史亭·五花坟

——元好问故里行记

一

山头佛屋五三间，山势相连石岭关。

名字不经从我改，便称元子读书山。

读金代礼部尚书赵秉文这首诗，便引起了我对读书山的游兴。一个夏雨初晴的早晨，登"晋北锁钥"的忻县城楼，望西南诸峰，山峦挺秀，林壑尤美，更见云排浪涌，奇景幻化，这就是名闻三晋的系舟山。传说大禹治水时，曾系舟于此，故有其名。山麓有福田寺，青松翠柏间，殿宇掩映，山溪叮咚，境极清幽，正是"苍岩云霁梵宫出，翠麓泉通瀑布悬"。我国文学史上杰出的诗人元好问的父亲元德明，曾隐居其间，以诗酒自适。只因赵秉文写了前面那首诗，系舟山从此又名读书山。元好问，字裕之，号遗山，公元一一九〇年生于太原秀容县（今山西忻县）。好问出生七个月，因叔父元格无子，便过继其门。这个世宦子弟，从小蒙受文化熏染，常随父读书于福田寺，七岁时便会作诗，太原王汤臣称其为神童。十四岁跟随身为陵川令的叔父到上党从郝天挺学，淹贯经传百家，六年业成。随后下太行，渡黄河，作《箕山》、《琴台》等诗，为赵秉文所赏，以为近代无此佳作，便以书而招，目为才子，于是名震京师。兴定五年登进士第，历内乡令、南阳令、尚书省掾、左司都事、尚书省左司员外郎等职。金亡不仕，以著作自任，其所作《金史》，为一代鸿笔；所作诗篇，就我们今天仅能看到的一千余首，仍是震古铄今，洋洋大观。

漫步于福田寺中，清风徐来，白云偎依，使我思绪纷纭，不能自已。元好问这位鲜卑族歌手的雄词壮句一时涌向心头——"剑歌夜半激悲壮"，"沧海横流要此身"，"中州万古英雄气，也到阴山敕勒川"。幽并之气，千古不绝，慷慨激昂，雄风万里。

短暂的金代，战争频繁，先是金源进攻赵宋，后是蒙古攻灭金源，又加上连年干旱，粮食极度紧张，各族人民生活在深重的灾难之中。现实主义的诗人元遗山在这样的一个时代里，奔走四方，所见颇多，感情激越，皆成诗作。因而在他的诗篇中，流露着强烈的反对战争、反对压迫的情绪以及同情人民疾苦的情感。"惨淡龙蛇日斗争，干戈直欲尽生灵。高原水出山河改，战地风来草木腥"；"白骨纵横似乱麻，几年桑梓变龙沙。只知河朔生灵尽，破屋疏烟却数家"，这不是那些战争以及战后景况的真实写照吗？而当他看到人民的悲辛遭遇，便大声疾呼，为民请命。他的《驱猪行》一诗："沿山莳苗多费力，办与豪猪作粮食。草庵架空寻丈高，击板摇铃闹终夕。孤犬无猛噬，长箭不暗射。田夫睡中时叫号，不似驱猪似称屈。放教田鼠大于兔，任使飞蝗半天黑。害田争合到渠边，可是山中无橡术。长牙短喙食不休，过处一抹无禾头。天明垅亩见狼藉，妇子相看空泪流……"其含义是何等深刻呀！看到："一旱近两月，河洛东连淮。骄阳佐大火，南风卷黄埃。草树青欲干，四望令人哀。"久旱得雨，他便为农事高兴："桑条沾润麦沟青，轧轧耕车闹晓晴。老眼不随花柳转，一犁春事最关情。"这对于一个世宦的知识分子来说，是多么难得啊！

"书生如老农，苦乐与之偕。"诗人同情人民的疾苦，人民也是十分尊敬他，爱护他。元好问晚年还读书山，山中父老是"东家西家百壶酒，主人捧觞客长寿"。诗人乐于"粝食粗衣"，甘与"牧童田父为邻"。这就不难理解他能够写出那么多富有人民性的诗章来。

元遗山每归乡里，都登读书山，每登读书山，必居福田寺的"丈室"即"留月轩"，亦称"小两间"。今寺院早已是面目全非，"小两间"也不复存在了，而元遗山的名号，却与系舟山永存。前人有诗赞道：

> 左司高节世争攀，乔梓幽栖小两间。
> 胜迹争看传异代，嘉名早与易灵山。（王锡纶诗）

二

> 曾读公书两三函，愧居公乡隔仙凡。
> 访得野史亭何在？苍茫烟村望韩岩。（张文蔚诗）

　　盛夏晨起，相约数人，出忻县城南门，向东南而去，一路清风习习，夹道杨柳依依，四望田畴如画，满眼禾稼葳蕤。漫谈间，不觉已行十华里，便到了元遗山的故里韩岩村。

　　韩岩村北，在苍松、古柏、丁香、文杏之中，有亭翼然临于高台之上，那就是遐迩驰名的"野史亭"。元遗山四十五岁时，金朝灭亡，文献沦丧，诗人深感亡国之痛，又恐一代之迹，泯而不传，便以国史自任。而当时，金国实录在顺天张万户家，遗山愿为整理撰述，不料为武安乐夔所阻而止。不得已，遗山构亭于家，名之为"野史亭"，著述其间，夜以继日。遇有疑虑，则奔走四方，造访耆旧，寸纸细字，详为记录，于是金源君臣遗言往行，累百余万言，捆束委积，充塞亭中，这便是元遗山近三十年，"湿薪烟满眼，破砚冰生髭"，含辛茹苦，呕心沥血写成的《中州集》、《壬辰杂编》等若干卷。后来，元人修《金史》，多本其说，元编杂稿记录，略皆采用。野史亭也随之而闻名于天下。

　　古亭历元明两代，早已湮没，至清代乾隆年间，忻州牧汪古愚重修元墓时，访野史亭故址，未得其所，便于元墓东侧建屋一楹，重题"野史亭"匾额，悬挂其上。又经百年，斯亭又渐倾坏，到民国十三年，又在该处筑新亭，这就是我们今天所看到的野史亭。在宽绰的院落中，中垒一台，高约六尺，亭建台上，作六角攒尖顶，亭壁中央嵌元遗山石刻画像，左右为诗人手迹六种，因几经翻刻，讹误颇多。观其笔法，楷书传薛舍人、柳少师法度，清挺遒健；行草得米南宫、苏东坡精髓，苍老疏宕，难怪清代书法家翁方纲极为宝赏。亭北有大厅三间，叫做"青来轩"，厅壁间嵌满历代凭吊诗文。中厅和大门两侧各有房数间，今为韩岩学校作教室用。徜徉于乔木扶疏、花草交辉的野史亭院，耳闻朗朗书声，更觉幽静之中充满了生气。这和当年诗人"秋兔一寸毫，尽力不易举。衰迟私自惜，忧畏当谁语"，"百年遗稿天留在，抱向空山掩泪看"的悲凉境界形成何等鲜明的对照！诗人倘生今日，那该会有多少瑰丽的诗篇涌现啊！忽然清脆的铃声，把我从沉思中惊醒，小学生下课了，一个个生动活泼，天真烂漫，向我们围来。问起他们有关元好问的历史，不少人能对答如流，有的人还讲了些故事和传说。我问一个小同学："你会背元好问的诗句吗?"小姑娘机灵的大眼珠一转，如数家珍，一口气念出好几首。问起他们的志向，有的人要做科学家，有的人立志继承元遗山的事业，决心做一个诗人。那热闹的场面，又使我想起了元好问的两句诗："遗山老子未老在，见汝吐焰如长虹。"

三

遗山不可作，古冢尚依然。

骚雅雄当代，风流仰后贤。

颓垣低宿草，断础没寒烟。

寂寞坟前月，盈虚自岁年。　　　（王治诗）

野史亭西，有元氏墓群，四周围墙培以土墙，门上镌有"元墓"匾额。公元一二五七年，六十八岁的元遗山，卒于获鹿寓舍，马舁归葬韩岩祖茔。元遗山墓，以石甃之，正对大门，墓前有元至元十九年五月所立三尺墓碑，上书："诗人元遗山之墓。"其碑已断为二截，上截狼藉于荒烟蔓草之间。墓前东侧有遗山门人郝经（郝天挺之孙）所撰"元遗山先生墓志铭"丰碑一通，字虽漫漶，尚可辨读。它评介了元遗山的生平事迹和诗文著述，皆翔实中肯，很有参考价值。墓前有享堂三间，为汪古愚重修元墓时所建，并将元氏世系考及墓图等勒石，嵌诸壁间。享堂前有石翁仲、石羊、石虎各二件，都是元代雕刻，各具形态，形象生动。

元遗山归葬之日，四方之士，咸来祭奠，墓前垒土五方，各为一色，张棚于上，画花为记，所以元墓又称"五花坟"。有谁料到，一代诗人，伟大的史学家元遗山，在故去七百多年后的"文革"期间，也未能幸免"造反派"的斤斧。围墙倒了，墓碑断了，墓葬倾陷，享堂零落，蓬蒿中狐兔出没，石雕上牛羊砺角。有人因为在"文革"前举办过元遗山的展览，还得挨批斗……那是何等可叹和可悲的时日啊！今天，政通人和，百废俱兴，这处文物古迹，为迎接中外的来访者，正在兴工动土，大门和围墙已经重新落成，墓地、碑碣、石雕、享堂也将修葺一新。

"百年国事存笥稿，一代才华著典型。"（顾颉诗）墓碑可断亦可立，诗魂诗作永长存！

金山湖记

忻州市西北五十里外的温泉疗养院之北向，行不远，有个金山湖。湖的东南岸，有瓦屋数十间，黑瓦白墙，敞院净屋，榆柳荫后檐，桃李罗堂前，在这清静的处所中，正办着两个培训班，一个是美术班，一个是戏剧班。我是应前者所邀，有缘来此授课的。

一

时值端阳，小麦扬花，清香馥郁；新蔬满畦，飞红滴翠。灌渠稻田之中，波光粼粼；瓜棚豆架之下，果实累累。我到之时，已近中午，辛勤的炊事员正在准备着一桌丰盛的午餐，一来是为客人洗尘接风，二来是为大家共度佳节。当大家步入餐厅时，主人临时动议，决定午餐推迟半小时，想邀我先到湖畔观光。我真不解其意，腹内空空，有何兴致，况且山村野湖，有什么好看呢？即便好，来日方长，还怕看不够！然而，在此情况下，也只能客从主便，随着主人姗姗来到湖边。主人出来时，还喊了一位学员，耳提面命，好像在搞什么"鬼"。

行至湖边，倒是为那景致所吸引了，这是一个东西窄，南北长，形如如意，色如美玉的人工湖。它虽是大跃进年代的产物，然而经过二十多年的沧桑变化，与大自然融合得天衣无缝，竟没有一点儿人造的形迹了，似乎这个湖，在远古的时代，就存在于天壤之间。

有金山者，雄峙湖之东北，小峰如奔，主峰峙立。由于久雨初霁，大地热气蒸腾，山腰白云幻化。湖不大，一千来亩，却装得下那长天云影，青山丽色。偶有风至，波起影动，扑朔迷离，诡秘多变，高深莫测。湖因山而得嘉名，山为湖平添姿色。

我正欣赏那湖光云影，忽听得一声"得了！"的呼叫，循声望去，却是刚才那位学员不知何时已立在水中捕鱼了。其时，银网骤起，水花飞溅，网巾中捕获了一只活蹦乱跳的大鱼儿，长有尺余，重约二斤，还是一只金腮赪尾鲤鱼呢！我发出了"啧啧"的赞叹，看看表，到湖边还不到一刻钟。

"回去吧！这一网收获不大，可也够客人尝尝鲜。"到这时，我方解开了主人推迟开饭时间的谜。然而，我早已忘掉了辘辘饥肠，却为这下车伊始便大饱眼福而庆幸。又过一刻，红烧鲤鱼上桌了，烹调之精，肉质之嫩，味道之鲜，堪与我几年前在浙东所食之鲈鱼媲美。主人还告诉我，在这金山湖，不独有本地的鲤鱼、鲫鱼，六十年代初还从长江边引进了草鱼、鲢鱼、鳙鱼等多种鱼苗，现在湖内，几十斤大鱼有的是。此外，还有鲜美的河蚌、田鸡、甲鱼，都是佐酒的佳品，只因这里的人不大习惯吃，也就很少捕捞它。

二

在这远离城市的田园居中，我于授课之暇，不管风晴雨晦，或是花朝月夕，一有时间，便漫步于田垄之间，徜徉于湖岸之上，每每神闲意适，恬然怡然，物我两忘，乐在其中。

在天星未尽的清晨，我便于湖边开始踱步，那绿毯似的草地上缀满了颗颗晶莹透亮的露珠，真不忍心走上去，深怕压碎那可爱的珠玑。在这一片幽寂和宁静中，小鸟也已经出动了。瞧这一双紫燕，呢喃着款款而飞，突然将胸脯触一下水面，便又很快地飞起来，水面上留下了一圈圈的波纹，虽愈来愈大，但愈来愈弱，最后无声无息地消失了。那野鹜在远水中浮游着，悠闲地似乎还在打瞌睡。那待鱼的大灰鹳，左脚直插浅水中，右脚蜷曲着，一动也不动，活像一件被遗忘在岸边的动物标本，而布谷鸟躲在密林深处，催促人们："快快种谷！快快种谷！"树上的啄木鸟还为这歌声敲着"梆！梆！"的节拍。麻雀、斑鸠、戴胜也不示弱，它们合奏着百鸟朝凤的交响乐，山喜鹊拖着长长的尾巴，也在闻歌起舞，翩跹多姿，引人入胜。那戏剧训练班的红袖女郎们，在浅草地练身段，在深林中吊嗓子，在这鸟语晨曲的乐谱上，显然又加了几个特殊的音符。这晨曲是何等的和谐悦耳，美妙动听，我想音乐家来此深入生活，是会启发他们的创作灵感的。在小鸟的天堂里，使我神往的是那翠鸟和鹊鸲。鹊鸲鸟以黑、白、灰三色组成了清素典雅的羽毛，长尾巴不时地点动着，偶有惊动，便飞得无影无踪，可真够机灵的，你还没注意，它又落到一柄荷叶上，俨然是一幅宋人小品《疏荷沙鸟图》。那野逸的风采，不禁使我想起了五代画家徐熙笔下的格调来。晋北少见的翠鸟，金山湖畔，却不时可以发现，湖蓝的鸟头，翠绿的背翼，朱红的胸脯，长长的嘴巴，短短的尾羽，立在湖边的一棵枯柳上，两眼紧盯着水中的游鱼，那构图和神态，酷似八大山人的花鸟画；要不是那一身漂亮夺目的披挂，才不会显露出黄筌花鸟画的富贵来。金山湖啊，你给花鸟画家提供了绝妙无穷的粉本！在这露天的教室里——金山湖畔，无意中，我为美训班的学员们上了一堂花鸟课。

三

某日上午，天气微阴，薄雾如纱，四围风物，虚实有致。在这景色宜人的日子里，我领着学员们到湖畔去写生山水。那铅灰色的湖面上，游着一只渔船，桨声欸乃，银网起落。没多时，凉风四起，细雨飘来，水光潋滟，山色空濛，好一幅神奇的水墨画。只是这瑟瑟小雨，将纸墨皆湿，我们不得不收起画笔来。然而，趁此时间正好仰观山色之变化，俯察澄湖之扬波，心领神会，形遇迹化，留画稿于脑海，启灵扉于须臾。瞧那湖上的渔人，戴上了草帽，披起了雨衣，悠然荡舟，旋然撒网。在微雨清风中，还传来了他的依稀可辨的咏唱：

> 西塞山前白鹭飞，
> 桃花流水鳜鱼肥。
> 青箬笠，绿蓑衣，
> 斜风细雨不须归。

啊！这不正是唐代诗人张志和汛家浮宅，嬉游苕雪的"渔歌图"吗？我看着这景色，竟有些出神入化了，一身衣衫湿透，还未觉察。连环画家老卢告诉我："那是一位高中毕业生，毕业后留在金山湖鱼场经营起渔业来。"经老卢一说，我对这位渔人产生了更大的兴趣，很想去看看他。

傍晚，雨停云退，红霞满天，我和老卢去访渔人。我们沿着湖岸，由湖东南向湖西北的鱼场宿舍走去。那湖中的鲤鱼也许是眷恋这"半江瑟瑟半江红"的美景，不时跃出湖面来，发出"扑喇！扑喇！"的声音。那岸边的小鲢鱼，通体透明，往来倏忽，有时住空不动，好像让我们去仔细欣赏它的修姿呢，头顶上是淡淡的石绿，尾巴边有浅浅的墨痕，我把手小心地伸进水中想抚摸它，这令人喜爱的小生灵，早已逃之夭夭，寻觅无处了。走走看看，看看走走，在薄暮暝色中，来到鱼场宿舍，大门虚掩着，我们叩门而入，院里植了桃杏，种了玉米，只见桃杏之间，悬挂着银网，有如舞台上的纱幕；茁壮的玉米淋了半天细雨，在晚风中"啪、啪"地拔节，工人们洗漱着、谈笑着，见有人进来，以为是买鱼的，只点点头，微笑着。老卢说明来意，一个三十多岁的青年人走过来，一面和我们握手，一面爽朗地笑着说："有什么好谈的，我便是今天上午那个'烟波钓徒'。我们几个承包着这个鱼场，还包着几十亩土地，这些时，雨水多，杂草稠，大家都在忙着锄地哩！可也得考虑有人要买鱼吃，我便下湖打鱼了，没想到竟引起你们的注意。"

"要说诗词，我哪里会作，只不过把中学读书时背得的几句随口念念。至于养鱼，我还知道点，咱们去看鱼舱吧！"我们随着渔人来到渔港，垂柳下系着一条大船，满舱的金鳞，闪烁生光，渔人如数家珍地指给我们看，哪是鳙鱼，哪是鲢鱼，哪又是草鱼。瞧那条大鲤鱼，少说也有二十多斤，有几只大甲鱼，爬来爬去，它们或许是想找出一条生路，复归渊池吧！

我们又参观了鱼苗塘，便谢别了渔人，踏着月色，依原路往回走。蛙声咯咯，晚风习习，我不时地回顾着那渔场宿舍的灯火，那位"烟波钓徒"的形象长久地浮现在我的脑际。老卢对我说："我琢磨着为这位渔人画一幅肖像，他是很有个性的。"

"不出城不知道，这里可画的东西太多了，特别是我们这些搞人物画创作的。早几天，我就收集了一位'能人'的素材，你见过他，就是那位经常赶着一头荷兰牛在湖边往来的牧牛人。他姓赵，今年六十四岁，一家十口人，三代同堂，就住在咱们南墙外那三间茅屋里。"

这位老人吸引着我，次日午间便和老卢去拜访他。当我们走进他的小院时，老人家正篱间独酌呢，一瓶"高粱白"散发着幽香，几碟小菜，活鲜鲜的。老人家见有人来，忙把身边的收音机关上，热情地让我们就座把盏，和我们津津有味地谈起来。当我问到他那头荷兰牛时，老人手指着凉棚中一头黑白相间的大花牛说："这牛，是我用二十元买的一只未出满月的小牛犊，用自家的羊奶喂大的。眼看就长到八百斤了，每斤按九角钱算，也能卖七百多元。就是喂得有些感情了，好歹不想卖。"老人用爱抚的眼光欣赏着他那大公牛。那牛仿佛听到老人的话，抬起头哞哞地叫了几声。我们都笑了。

"老人家，你一家就住这几间平房？"

"哈哈哈！同志，你不知道，我是南高人，离这里二里半，我看上金山湖畔这块风水宝地了，就独自来此居住。"

"风水宝地？"

"是啊，风水宝地。别小看这湖滩的泥沼，它可以开塘养鱼，改田种稻，还可放鸭牧鹅，植荷采藕。自己年纪大了，也可做点力所能及的工作，一来增加自己的收入，二来也为城里的人提供点鲜鱼鲜蛋、藕根莲子。若有精力，还能发展熏鸡业、烤鸭业，现在兴这个，咱也乐意干。"老人家谈得眉飞色舞，似乎年轻了十来岁。

最后，我们随主人走进了他的住室，虽说是茅草屋，却收拾得井然有序，窗台上摆满了盆栽，有绣球、兰花、菊花、夹竹桃、无花果，一盆盆生机勃发，有的繁花怒放，有的含苞待展。炕角的小桌上放着一叠书，更引人注目的是墙上贴的那幅苍劲的书法条幅，上面写着王安石的诗句："茅屋常扫净无苔，花木成畦手自栽。一水护田将绿绕，两山排闼送青来。"下面落款是"湖畔老人书"。

"这字写得好！是哪位书家的手笔，怎么把姓名隐去了？"

"见笑了，那是我写的。小时念过几年书，也涂过鸦，多年不写了，难看得很！还想请你们几位书画家挥毫呢！不过现在不敢麻烦，等过二三年，请各位来，再看看这湖畔的风光，到那时，再向诸位敬求墨宝。"看不出来，这位衣着简朴的老农，竟是一位有笔墨因缘的文人呢。中午一席谈，我和"湖畔老人"结下了深深的友谊。

当我授课完毕，将要离开这金山湖的时候，热情洋溢的主人对我说："这金山湖啊，夏天固然美，是避暑消夏的好地方。你若春天来，咱们这里节令尽管迟，到农历三月下旬，已是踏青的好季节，每年三月二十七，这湖边的尉家野场等三个村子，轮流做庙会，唱大戏，办红火，脑阁抬阁样样有，酒馆饭店喷鼻香，人山人海，热闹非常。难怪今年庙会期间，还有位从美国归来的华侨，到此观光呢。到深秋，杨叶柳叶，金黄夺目；桃叶杏叶，嫣红姹紫；

雾林烟草中，野兔出没；长天碧空下，雁阵惊寒。这金山
湖啊，岂不是狩猎的好地方！要是冬天，这里冰雕玉琢，
是一片银世界，金山湖变成了一个天然的溜冰场。你若在
冰层上打个洞，那冰窟窿里，白雾飘忽，迷漫四野；在冰
层下面，却又游鱼往来，碧草交横，是一个绿天佛国的童
话世界，若是运气好，那没有得道的鲤鱼精，还会蹦出冰
洞来，成为席面上的美味。"

　　听着主人绘声绘色的介绍，我委实想长留这里，这金
山湖啊，它不独有湖山之胜，更有人文之美，我爱这里的
湖光山色，花香鸟语，更爱这里的"湖畔老人"、"烟波钓
徒"。七天的时间，哪能听得细、看得够！

南高温泉散记

提起温泉，虽然涉猎不多，却有几处给我留下了不同而难忘的印象。

一九七三年十月，我住在广州，按时序，已入深秋季节，然而南国的酷热，仍然是十分难耐的。一天，我与几位朋友，由羊城到从化去，算里程，怕有二百华里，到那里的目的是想痛痛快快地洗一次温泉澡。从化确是个风光佳丽之所，山青水碧，竹翠花香，景色是十分宜人的，然而要洗温泉澡却是困难，我们作了一些联系，只有住在每日每人至少十元钱的温泉宾馆，才可入浴，廉价的澡塘是没有的。服务员对我们说："你们想洗澡，住半月也可以，每人交五元钱，算是照顾！""好大的面子！你照顾，我们还是洗不起！"同行的一位快嘴顶了回去，澡没有洗，大家却在一位饕餮家的倡议下，就了一顿丰盛的午餐，粤菜尽管是别有风味的，心头的烦躁，酒也洗不掉，大家真是乘兴而去，扫兴而归，至今我想起此事来，心底似乎总有些不舒服。

一九七六年十一月间，我有事到西安去。当时"文革"

结束不久，禁锢多年的山水画也得到了解放。我的心情格外兴奋，便顺路上华山写生。时值隆冬，冰天雪地，而奇险的华山却因此显得更峭拔了，银装素裹，分外妩媚。欣喜之中，我在零下二十七度的气温里，硬是"呵冻"画下了十余幅水墨写生。谁知就因此而致病，竟卧榻于临潼的骊山饭店了。世间的事物，总是祸福相生，生病本来是坏事，我却有幸在那里畅洗"华清池"。"春寒赐浴华清池，温泉水滑洗凝脂"，唐明皇和杨玉环鹣鲽恩爱的长生殿不复存在了，然而姿致风采的骊山不老，波清水滑的"贵妃池"长流。我居然因洗了几次温泉澡，风寒尽退，神清气爽，小恙渐愈了。同时，在临潼，游"九龙汤"，登"捉蒋亭"，仰骊山之青青，俯汤池之沸沸。尽管冬寒料峭，华清池给我的印象是温暖而亲切的。

一九七八年五月初，我再次出游，由芜湖乘多半天的长途汽车，下午三点许才下榻于黄山宾馆的竹木房。斗室之家，一张大床，两把竹椅，一方小桌，整洁的茶具，干净的被褥，对我这个旅行写生的人来说，一个人住一间小室，既简朴又清静，着实是很理想的。然而长时间的跋涉，确实是有点疲累了，我放好了行囊和画具，径直走进了温泉浴室。因为黄山是名山胜区，游人常年如织。浴室内，在雾气蒸腾中，到处是人，真有些像开水锅里煮饺子，磕磕碰碰，我找了个能插脚的地方坐下来，那来自紫云峰下温馨的清泉流经全身，热而不烫，滑而不腻，在池中泡上二十多分钟，精神焕发，途劳顿消。走出浴室，四周山色，破目而来，那奇松怪石，云海飞瀑，更使我心逸神飞，诗情激荡，魏默深先生的一首咏黄山绝句忽然涌上心头："峰奇石奇松更奇，云飞水飞山亦飞。华山忽向江南峙，十丈花开一万围。"初到黄山，情致竟这么好，固然是黄山的风景所致，但那黄山温泉洗尘的功绩，似乎也是重要的。

全国有名的温泉诚然不少，然而大多数对我是无缘的；现在在我工作的地方，也有了温泉，这便是山西省忻州的南高温泉。这温泉，现在虽然还不甚出名，我却深深地爱上了它。

南高温泉在忻州城西北四十多里处，一条公路直达其地，温泉在奇村和南高村之间，背倚银山，面临双乳湖。其地附近有个村叫温村，有小山名暖泉山，也许，在历史上，这里就出现过温泉，只是在志书里没有记载罢了。一九七三年，在农田基本建设热潮中，南高大队社员在村西打井时，在离地面三十多米的地层深处，打出沸沸扬扬的暖水来，后来就在这里利用温泉水建起了简朴的南高澡塘。奇村大队和驻忻部队也先后在附近打井提水，修塘筑池，办起温泉浴室来。只是驻军的水温还嫌不够，而奇村的水温又嫌过高了，只有这南高温泉，四十七摄氏度的水温，在提送过程中，略有下降，沐浴其中，温度适中，往往为人称道。

简朴的南高温泉，虽然仅有两排房子，一排是旅舍，一排是浴室，既有大池塘，也有单人盆塘，每屋又有淋浴设备，真是简而不陋，朴素大方。社员只花五分钱，就可洗个温泉澡，洗去一天的疲劳，而专程来这里治病的，诸如皮肤病、关节炎，或偶感风寒，或腹胀腿麻，或神经衰弱，或失眠健忘等在这温汤中尽情地泡擦，则肢体松弛，肌肤舒展，其效果也是极佳的；我和朋友都是慕名而来，花三角钱，洗个盆塘，泡杯清茶，谈谈新闻，其乐无穷，这里既不像从化温泉昂贵的要价，也比黄山温泉宽敞得多，华清池虽然好，究竟是无缘长住的。

走出南高温泉浴室，漫步于白杨夹道的大路上，人来车往，热气腾腾，路南的一大块土地上，正在规划测量，兴工动土。据说，省区要在这里建设工人疗养院、干部疗养院，还有画家之家等什么的。在这政通人和、百废俱兴的年代里，高楼大厦的疗养所要在这里兴起，亭台楼阁也将出现在山涯水际。那条高深的大渠，是一九五八年的产物，它却给附近的群众造了福，原来"春天白茫茫，夏天水汪汪，秋季不见粮，冬日真荒凉"的盐碱地变成了丰产田，小麦亩产上千斤，玉茭高粱更喜人。

行于温泉之北，银山脚下，便是清波荡漾的金山湖。湖不大，天然而成，踏歌岸上，时有清风习习，云影晃动，山岳变形，又有野鸭数只，悠然而来，怡然而去，追逐嬉戏，溅起满湖晶莹透亮的珍珠，幻化出无穷无尽的诗情画意来。

银山之后，又有一峰突兀青空，半山中几缕白云飘忽而过，那就是金山。传说中，下有金子洞，"若要洞门开，尉迟转回来"。金源诗人元好问，对此山曾有过一首形象化的题咏："攒青叠翠几何般，玉镜修眉十二环。常著一峰烟雨里，苦才多思是金山。"温泉之南不远处就是双乳山，这是忻州大地上的两个大奶头。双乳山下就是双乳湖了。这湖水正是那大地母亲的无穷无尽的乳汁，它世世代代哺育着这里的劳动人民。据说，这双乳山当年的风景也是十分壮丽的，古柏苍翠，山寺云深，可惜在战争年代里被破坏了，而今双乳湖中的游鱼却还是十分鲜美的。试想再过几年，这里绿树成荫，红楼四起，先进工作者和一切疗养人员住在这儿，消夏避暑，食有鲜鲤，浴有温泉，清晨月下，徜徉于花圃柳岸，或赏花，或垂钓，或练太极，或舞银剑，忽有山风迢递，清音入耳，丝竹管弦，幽韵不绝，浅吟低唱，余音袅娜。而当晴空丽日，或者宿雨初霁，走进窗明几净的画家之家，正逢老友挥毫作画，云烟满纸，水墨淋漓，老笔纷披，片刻而就。

……

收回我的遐思畅想，放目于双乳湖岸上，见一山，若青螺小碧飘浮于双乳湖的碧波之上。山不高，上有小塔亭立，杂树丛生，小鸟和鸣，山泉鸣咽，饶有野趣，这就是暖泉山。据说山上面曾建有舞台，每逢七月庙会，游人熙攘，往来不绝，老爷爷看看北路戏，爬爬双乳山，小姑娘喝一掬暖泉水，插满头野菊花，在暮色苍茫中，人们才呼儿唤女地离开了这灵山妙境。

温泉好，不独水好，风景也好，这里还有佳果名肴，就是提起这里的庄户饭，也会津生两腮，食欲顿生。杨胡的大寿桃论个头，一个一斤还要开外呢，咬一口，香甜水大，西王母再开蟠桃会，也许会派仙女到这里来采集；云中河的大甲鱼，更是一种大补的营养品，吃一盘红烧甲鱼，骨细肉嫩，满嘴清香，且不说它的营养价值，那味道，谈起来，就让人流涎呢。这里群众的家常饭是高粱面搓"鱼鱼儿"，淡红而透明有如红粉丝，拌上孙家湾的油炒香椿芽儿，吃上三碗也不想放筷子，难怪早年在这里开全国高粱现场会，外地的代表不吃白面大米，而争着吃"鱼鱼儿"。

几年前，在杭州登上了南高峰，眼界豁然开朗；最近又到忻州南高洗了两次温泉澡，精力顿觉充沛，灯下命笔遂成小记。杭州南高峰，忻州南高温泉，南北呼应，其名也佳。游人到此或将有感于斯。

东峪秋色

定襄的朋友，几次邀我到东峪赏秋色。每到金秋季节，客观上，案头工作总是繁忙得放不下手，主观上，游东峪也不迫切，就这样，一晃几年，未能成行。

今年秋末，时值霜降的节令，朋友又来电话相约了。盛情可珍，便相与数人，遂成东峪之行。苏州天平山下的枫树，长沙岳麓山中的霜林，北京西山的红叶，都曾经使我陶醉而流连忘返。然而时隔多年，夹在书中的名山红叶，却变得黯淡失色，留在脑海中的记忆，也只是些"霜叶红于二月花"、"胜似春光"的模糊概念了。我想，这东峪的秋色，也不会有什么更动人的景致吧。

吉普车奔驰在忻定盆地的公路上。虽说是深秋时节，公路两旁的田野中，蔬菜葱翠，辣椒殷红，晚熟的向日葵，还开着车轮似的大黄花。只有那间或下落的大杨叶偶尔飘进车窗时，才察觉到萧瑟的秋风，多少夹杂点轻微的寒意了。

车过济胜桥，抵达东冶镇，而后沿滹沱河谷东去，进入了晋北地区的最低处——海拔六百米左右的峡谷地带。两岸高山大岭，龙腾虎跃，略无阙处；滹沱河水，奔流下注，喧嚣轰鸣。山庄村舍，黑瓦白墙，镶嵌在半山腰里，煞是醒目；又有几缕炊烟，从屋顶冉冉升起，飘游于山谷之间，缭绕于峰峦之上，俨然是一幅精美的水墨画。行进中，车前突然拥出了几排高大的钢筋水泥新建筑，这就是段家庄水电站。古老的山谷中，跳动着时代的脉搏。同行者，有诗赞道：

> 人民自有回天力，大坝高耸水云低，
>
> 不让蛟龙起波澜，更教河山献神奇！

车到坪上，转了个九十度的大弯儿，滹沱河在此汇合了从五台山流来的清水河，水势更大了。过一座大石桥，又驶入一个新的更窄的峡谷，这便是东峪沟。

东峪沟是一条花果沟。核桃早已入库了，苹果和梨儿已经运到了各地的市场上，黑枣树则挂满了层层叠叠的果实。最引人注目的，是那些柿子树。刚入沟，是三株一丛，五株一簇，散布于其他杂树之中。那柿叶有丹黄的，有橘红的。叶落像蝴蝶，叶聚似锦鸡，在阳光下、在微风中，抖动着、闪烁着，五彩斑斓，光怪陆离。远远望去，又像一堆堆篝火，燃呀燃的，漫延四野，横无涯际。朋友发言了，他说在抗日战争期间，这里曾是晋察冀边区二分区和定襄县抗日政府所在地，还出过赫赫有名的民兵英雄呢！一九五〇年他们曾出席过全国的民兵英雄代表大会。我竟想，现在的这些篝火还是当年的英雄们点燃的。

到阎家庄，那柿子树，更是一重重，一片片，笼罩山谷，隐天蔽日。人行其间，衣服上也被染上了红光。我惊诧这景色，准是哪位神通广大的仙人，偷剪了玉帝的云天朝霞，覆盖了这片山野深谷。

社员们正在喜气洋洋地收柿子。

路边几株合抱的大柿树，红叶已经落光了，只见老干斑驳，直冲云霄，一棵棵恰似生铁铸成的硬汉。而那丰硕的柿子，挂满枝头，每个小枝上，少说也有五六个，沉甸甸、亮晶晶的，在碧蓝的天空下，浮光耀金。它勾起我对在南国羊城欣赏的那烟花晚会的回忆。这每一棵柿子树，不正是一种精致的焰火和礼花吗！

人们在树上采撷，在树下嬉戏，是劳作，也是享受。那长在枝头顶端和四周末梢的柿子，人站在树上也无法用手摘下，社员们便用装了小钩的长杆把它箍下来。定襄的老范同志，从中拿起一个，送到我的手中，我抚摸着，它已经熟透了，通体晶莹透亮，珠光宝气，灼灼照人，疑是用玛瑙雕琢的。

傍晚，我们走回阎家庄大队，这是个不满一千人的村子。背靠千寻石壁，面临滹沱流水，霜叶红树中，一幢幢新建的瓦屋，一排排新砌的窑洞，倚山而起，一任自然，在秋色的装点下，飞红滴翠，溢彩流霞，正是一幅绝妙的套色木刻。生产队长给我介绍说，这东峪沟地处高山深谷，气候反而温差小，夏天不热，冬天不冷，节令比山外要早来半个月。过去公路不通时，山里人外出要流很多汗。这里是个桃花源，山外人也不来问津。现在不同了，运送干鲜果品的汽车，常年累月地在大道上奔跑。外来的客人也多了。春天，这里是桃红李白的花海；初夏，这里是山青水碧的绿港。到了秋天，满沟飘着花椒的香气。白露打核桃，霜降收柿子。动手慢了，水蜜桃压折枝条，红枣儿自动落地。到这时，社员们忙得不可开交。可是再忙，大家不但不觉累，反而感到特别开心，因为这是个收获的季节。大家的收入也不算少，仅柿子这一项，全大队每年总产就几十万斤呢！

晚饭后，我沿着滹沱河岸散步，小水电站，击浪扬波，声震山谷。在这东峪沟，仅把少量的水引入电站，就给山谷的夜色平添了如许神采：滹沱河水似乎流进了天河，天空中的繁星却又星星点点地飞坠到山庄窝铺的社员家。宁静的山谷村夜，忽然传出孩子们的朗朗读书声，划破了夜空的静寂。有一家矮墙的院子里，却是一片灯火，全家人坐在挂着灯泡的柿子树下，辛勤劳作，谈笑风生。院子里那棵未收柿子的树木，叶子全掉了，只留硕果，挂满枝头，在电光辉映下，每个柿子都变成了一个个发光的大灯泡，又像是高燃的红灯笼。光华四射，喜气洋洋，竟使我眼光缭乱，恍惚迷离，似乎在做着一个神奇的五彩缤纷的梦。

一阵凉风吹过，才使我清醒地知道，这不是梦，这是实实在在的东峪，这是东峪的金秋季节，这是东峪静谧而闪光的秋夜。

七岩山纪游

"大唐开成五年（840）七月八日，日本遣唐僧圆仁，从建安寺到定襄县的七岩古寺留宿一夜，九日早发，西南行到胡村……"

由于江苏省同志的来函，追踪日僧圆仁在中国的足迹，才引起了我对七岩山的游兴。

重阳节后，在定襄县文化局长和两位书画朋友的陪同下，我对七岩山进行了专访。大清早，我们一行四人，出县城，向西南而去，过牧马河大桥，一条油路直抵南山之麓，行经处，白杨夹道，黄叶飘金，正是"碧云天，黄花地，西风紧，北雁南飞"的高秋季节。其时，适值夜雨初霁，云烟四起，那如睡初醒的南山峰峦，瞬息间呈现出千姿百态的景象，其中最引人注目的则是那屹立霄汉的"老松台"。台顶高踞奎星阁，飞檐凌空；阁畔罗列老松树，虬枝探海。瞧那胜境，时而烟笼雾罩，虚无缥缈；时而山动云飞，神奇莫测，我为这景色有点神驰意逸了。局长老邢告诉我，这"老松台"，又叫"居士山"，据说东魏时期的拓跋庆，曾被封为任城王，于武定四年，筑室于此，隐居其间，至今还有古碑存在，奈何风剥雨蚀，苔埋草封，那文字已经模糊不清了。只有山麓的清泉，浅浪弥弥，清音瑟瑟，如歌如诉，不舍昼夜。

谈论、说笑、欣赏、出神，没觉多久，车子已经跑了十八华里，来到七岩山口。一位朋友忽然念道："山中景趣君休问，山外风光已可人。"我说："此话后一句极是，而山中景趣么？耳听无凭，眼见为实。"大家一阵哄堂大笑，这笑声在南山中回荡着，惊起锦鸡好几只，飞入云深不知处。

七岩山入口处，有一水库，青碧如靛蓝，澄澈似明镜，融化云天，倒映山姿，山因水而灵动，水因山而溢彩。老邢说，这里曾建有七岩山的"头牌坊"，上书"别有洞天"四个大字，还是傅山先生的手笔呢！走进山谷，两山相峙，一溪中流，危崖壁立，杂树丛生，巨石横陈，小径透迤，时闻青鸟鸣啭，岩窍相和，忽见红叶飞坠，幽壑生风，蹒跚其间，有如漫游画廊艺苑，让人赏心悦目。

过"七岩圣境"的"二牌坊"遗址，蓦然，溪东石壁之上，有石雕群像破目而来，同行者三步并作两步，爬上高岗，迎面便是东魏天平三年的造像一铺，刻有石佛千尊，大者盈尺，小仅数寸，造型古朴，形象生动，特别是两尊菩萨，古代雕刻艺术家临见妙裁，量材巧琢，借原石上白色部分，琢成头部，面目慈祥，光洁玉润；颈项以下，则以青石而成，衣着洗练，比例合度。真是匠心独运，鬼斧神工。造像左上侧有碑记一块，书法庄严坚挺，魏时风骨，咄咄逼人。同行者观摩其下，无不啧啧称赞，真是千年风韵在，满壁生光辉。老邢又为我们介绍说，这里便是有名的"灵光寺"，为本山开创始祖僧慧瑞等三十余人所造，后人在石刻前立架建殿，名为千佛殿。我想当年日僧圆仁来七岩山云游，或许就是下榻在这灵光寺。一千多年过去了，千佛殿的殿宇不复存在，而灵光寺的石雕艺术，仍是神采动人，永葆光华。

站在灵光寺下，回身西望，但见对岸峭壁层崖，苍翠重叠，中有石洞天启，空阔穹深，这岂非庐山的仙人洞，却不知何时飞坠此中来。老邢指点说，那便是"七岩古洞"了，它又把我们吸引了过去。

下坡渡涧，再沿山脚的小径拾阶而上，走完一段长路。登上一个宽广的平台，便到古洞口，这是一个偌大的古洞啊！它使我目瞪口呆。这洞坐东面西，深约二十丈，阔约七丈，高两丈余，"形复而四垂"，诚然是一所广厦巨庐。我们在石洞中浏览，洞顶有水滴如珍珠下坠，常年不歇，砰然有声，如金石掷地。岩下有一钵池，聚滴水而成，久注不盈，频取不涸，明代有人题为"惠泉"。惠泉之后，地势转高，又有一小岩洞嵌入其间，幽幻深邃，其境清奇，岩前悬一钟乳石，似倒挂莲台，滴水凝于莲瓣之上，晶宝透亮，煞是可爱。若到农历夏至前后，适值太阳直射北回归线上，每当夕阳在山，光芒如箭，七岩山披红挂彩，小溪水飞金点翠。而那七岩古洞，正对夕照，整个洞窟豁然光明，恍若异境，仙岩滴水，串串成珠玑，四壁石纹，幅幅皆图画。这胜景便是古今驰名的"惠泉第一洞天"的"七岩晚照"。曾有对联，以记其胜：

> 岩窍自天开，影倒夕阳，洞外岚烟频霭翠；
>
> 泉流从石出，机含太极，个中风雨骤兴云。

七岩胜景，金代诗人元好问也曾有过吟咏，我游七岩洞，自然就想起那些诗句来：

> 客路频年别，僧居半日闲。
>
> 同游尽亲旧，举目是家山。
>
> 世事风尘外，诗情水石间。
>
> 悠然一尊酒，落景未知还。

七岩山在过去，不独是行脚僧顶礼膜拜的佛地，也不仅仅是文人墨客寻幽访胜的处所，也是这一带乡民们赶庙会的名区。七岩古洞，内祀惠应圣母。惠应圣母，即为摩笄夫人。据《史记·赵世家》所载："襄子姊，前为代王夫人。简子既葬，未除服，北登夏屋，请代王。使厨人操铜枓，以食代王及从者，行斟，阴令宰人各以枓击杀代王及从官，遂兴兵平代地。其姊闻之，泣而呼天，摩笄自杀。代人怜之，所死地名之为摩笄之山。"据说今代县东北五十里的夏屋山（即草垛山）上，尚有摩笄神祠。到宋代，摩笄夫人被加封为惠应圣母，在这七岩古洞兴建起一座梳洗楼，历宋元明清，常毁常修。据记载，在崇祯末年，其楼规模宏大，且以绿琉璃瓦覆盖其顶，雕梁画栋，流丹叠翠，光彩焕然，气象不凡。每年阴历七月初一，这里有古庙会，香火旺盛，游人填谷。七岩洞口的楼祠早在阴雨连绵、崖石崩塌中被破坏了，而摩笄夫人的故事，在这一带却是广为流传的。而且传说和《史记》中的记载也颇仿佛，只是增加了更多的神话色彩，成为通俗易懂的民间文学。而身为山西省民研理事的老邢，对此道是深有研究的，在洞口休息时，他有声有色地讲述着惠应圣母的各种传说，使我们都听得入迷了。

由七岩古洞通往"鬼腿洞"的半路上，有一个造型奇特的石雕狮子，据说是元代的遗物，雄宏粗犷，别有意趣。峰回路转，我们来到几眼石券窑洞前，当年这里也许是山僧们的禅房，现在炉灶依然，僧人或是云游他乡去了。转弯抹角，大家爬上了"鬼腿洞"，此洞也颇壮观，洞中石笋石柱石钟乳琳琅满目。所谓"鬼腿"者，指一石柱。形似人的腿脚，只是高瘦干枯而已，其旁有一所谓的"人腿"，粗且壮，短而润，游人到此，多做一种游戏，将眼睛用黑布蒙上，向前走去，用手摸石"腿"，以触"人腿"者为吉祥。同行者对"摸腿"并无兴趣，却在细心地琢磨那千年滴水而功在不舍所形成的岩溶艺术。

大家走出"鬼腿洞"，又攀藤历险，飞檐走壁来到回光窟前，观摩那东悬崖上北齐天保七年佛子赵郎奴等造像。

此处造像，庄严肃穆，风化程度也小，只是雕刻位置太高，我们只得仰头而望，竟使我眼花头晕，却还是不忍离去。由七岩洞往睡佛殿途中，石壁层叠，造像甚多，只是无年代可稽，以其特点断之，似为隋唐时物。又在头牌坊处迤东崖下，有唐开元十八年朝散大夫清河房涣等游屣之铭两碑，略记当时之胜：丹岩翠柏，白鹤青松，老衲面壁于岩洞，闲云歇脚于峰峦。正是："山川绮错，实曰秀容。"（定襄旧属忻州，而忻州旧有"秀容"之称）

拉藤剔苔，手摩目赏，历览这些魏唐石刻，我不禁沉入遐想之中，几声喇叭，穿云而来，使我清醒，放眼望去，溪东灵光寺顶峰上，一条公路蜿蜒曲折，一辆红色公共汽车奔驰而去，老邢说那是通往定襄南山公社尧头的班车。又一辆满载山货的卡车跑了下来，喇叭声声，使幽静的山谷，顿时充满了时代的气息。雄峙于山岩岭畔的高压线大铁塔，在秋日的艳阳下闪闪发光，那电线在轻风中微微地颤动着，不时发出嗡嗡的声响，和汽车喇叭声形成了和谐的小合唱，瞧那飞落在电线上的山喜鹊，不正是"五线谱"上的音符吗？抚今追昔，无不感慨。同行的朋友们，个个打开了速写本、照相机，欲把这眼前的风光收入绢素，拍入镜头，谱入新曲。

野史亭拓碑小记

　　初夏晨起，相与数人，出忻州城南门，向东南而去，风雨不期而至，飘飘洒洒，愈下愈大，雨中行约五公里，至韩岩村。在村头丛树之中，有亭翼然临于高台之上，那便是古今驰名的"野史亭"。古亭在风雨中披上了一层轻纱，更是有一番韵致。

　　金代诗人元遗山，金亡不仕，构亭于家，著述其上，得百余万言，捆束委积，塞屋数楹，名曰野史亭。元修金史，多本其说，斯亭也随之名满天下。

　　古亭历元、明两代，早已不存，至清代乾隆年间，忻州牧汪古愚重修元墓竣工，后访野史亭故址不能得，便于元墓东侧筑屋一楹，再书"野史亭"三字匾额，悬挂其上。又经百年，该亭渐就倾坏，到民国十三年，又在其处建新亭，就是我们今天看到的野史亭。

　　在宽绰的院落中，中为一台，高约两米，亭建台上，作六角形攒尖顶，其亭中壁上嵌元遗山画像，画像左右为元遗山的笔迹六种，兹摘述于后。

一、《涌金亭示同游诸君子》：

太行元气老不死，上与左界分山河。有如巨鳌昂头西入海，突兀已过余坡陀。我从汾晋来，山之面目腹背皆经过。济源盘谷非不佳，烟景独觉苏门多。涌金亭下百泉水，海眼万古留山阿。嚼沸泺水源，渊沦晋溪波。云雷涵鬼物，窟宅深蛟鼍。水妃簸弄明月玑，地藏发泄天不诃。平湖油油碧于酒，云锦十里翻风荷。我来适与风雨会，世界三日漫兜罗。山行不得山，北望空长哦。今日一扫众峰出，千鬟万髻高峨峨。空青断石壁，微茫散烟萝。山阳十月未摇落，翠蕤云旃相荡摩。云烟故为出浓淡，鱼鸟似欲留婆娑。石间仙人迹，石烂迹不磨。仙人去不返，六龙忽蹉跎。江山如此不一醉，抚掌笑煞孙公和。长安城头乌尾讹，并州少年夜枕戈。举杯为问谢安石，苍生今亦如卿何？元子乐矣君其歌。

二、诗一首，内容从略。

以上二石刻，皆为楷书，据清代翁方纲所考，均为诗人金正大年间所书。观其笔法，清挺遒健，结体严密，传薛舍人、柳少师法度。

三、曲阜题名：

太原元好问、刘浚明，京兆邢敏，上谷刘诩，东光句龙瀛，荡阴张知刚，汝阳杨云鹏，东平韩让，恭拜圣祠，遂奠林墓。乙巳冬十二月望日，谨题。

书凡八行，行书左行，此题名碑，曾收入《金石萃编》。

四、古陶禅院题名，内容从略。书凡四行，行书左行。此题名原碑为元大德六年补刻，曾收入《寰宇访碑录》。

五、挽冯节制诗一首，因经翻刻，讹误颇多，兹抄录原诗于后，以资校勘。

> 一笛悠然此地闻，住山还忆大冯君。
> 已看引水浇灵药，更约筑亭留野云。
> 前日褒衣笑皤腹，今年宿草即荒坟。
> 东邻谁举游岩例，秋菊寒泉尚可分。

六、跋米元章书《虹县诗》：

> 东坡爱海岳翁，有云：元章书如以快剑斫蒲苇，无不如意。信乎，子敬以来，一人而已。又云：清雄绝俗之文，超迈入神之字。其称道如此，后世更无可言，所可言者，天资高，笔墨工夫到，学至于无学耳。岁乙卯九日，好问谨书。

该石刻尽管多有错讹，但仍值得书法爱好者欣赏。

这后面四则，均为行书。苍老疏宕，气度超脱，深得米南宫、苏东坡笔意。从题跋一则，更可看出元遗山在书法上崇米的一斑。他换得米书《云台帖》，便喜而赋诗："周官武臣奉朝请，剑佩束缚非天真。世间曾有《华佗帖》，神物已化延平津。米狂雄笔照万古，北宗草书才九人。今日云台见遗墨，黄金牢锁玉麒麟。"他崇米褒米，从而学米，然而又不局限在米家规范中，能博采广收，成自己面目，而为元书。

元遗山写了大量的题画诗，还有碑帖题跋以及印记，这些都是我们研究诗、书、画、印的珍贵资料，历来为鉴赏家所重视。《秋涧集》中有一则："观东坡与蒲资政传正书，并觅柿霜无核枣四帖，后有张行简、董师中、元遗山跋语。"又《墨缘汇观》中有一则，墨拓定武五字损本兰亭，卷后押元遗山三字朱文印。卷末，鲜于太常题云："右定武兰亭玉石刻甲，余平生所见者少，况有内翰遗山先生图记，尤可宝也。"

元遗山的墨迹，不仅给我们以书法艺术上的享受，也是校订诗文的绝好资料。正是："晚生恨不识遗山，每诵歌诗必慨然。遗墨数篇君惜取，注家参校有他年。"

"我来适与风雨会"，野史亭一日，虽受饥寒困顿之苦，却大饱眼福，游览了胜迹，欣赏了诗文书画，并获得几件上好的蝉衣拓和乌金拓。雨中归来，余兴尚浓，展对墨迹拓片，成此小记。

时五月三十一日。

古钟公园记

忻州古城中，大东门内侧，新建一公园。进南门，见一阁雄峙，双檐凌空，画栋雕梁，煞是娇美。楼内高悬古钟一口，重在万斤以上，为金代遗物，偶然击撞，其音镗鞳，声振秀容。市人宝爱，公园因以为名。

名驰古今的"晋北锁钥"忻州城，似乎还没有过一个公园，只今政通人和，公园应运而生，忻州人士，无不高兴，时值初夏，又逢假日，结伴三五，径入公园而来。

公园北门尚未建成，只见彩楼高挑，若节日所搭之牌坊。门下游人熙攘，往来不绝，好不热闹。进得门来，南望小山高耸，遍植松柏，峰巅建一高亭，名为"旷怡亭"，是取范希文心旷神怡之意吧。登亭四眺，秀容古城，新楼林立，绿荫掩映，满眼苍翠，一派生机。俯视山脚，曲水环流，虹桥双飞，游艇荡漾，桨声欸乃。湖南面有白鹅灰鹤，或立于浅渚，或游于绿水，怡然悠然，甚是自在。

湖东岸有长廊，廊南北建亭，北亭"系舟"，取大禹治水系舟忻州南山的传说；南亭"忘归"，游人至此，憩于长廊，歇于中庭，观水光山色，听鸟鸣猿啼，悦耳娱目，其乐无穷，岂不流连忘返啊！

其园之南，又一池沼，上建九曲桥，回栏曲槛，倒映水中，波光云影，迷离扑朔。桥中亦有亭，名为"荷香"。我徜徉桥上，小憩亭中，闭目骋思，栏外池中，幻化出连天碧荷，在清风中摆漾，瞬间又变出无数凌波仙子，舒广袖而回眸，照倩影于清流。一片欢声，把我从幻境中惊醒。这声音不是钧天之乐，是儿童游乐场的轻音乐。我循声而往。

这里有"登月火箭"，那里有"自控飞机"，孩子们插上了理想的翅膀在太空中遨游，那年轻的父母也为之欢呼雀跃，只有那年迈的姥姥们，才为孩子们的安全捏着汗。那"游龙戏水"和"双人飞天"设施，尚未安装，孩子们却早已心向往之。

游乐场的北面和东面有动物园、花圃，这是孩子们的童话世界和知识海洋，他们在那里聚集着，戏嬉着。

公园的东南面，是少男少女们的天地，这里有一个旱冰场，假日的白天他们在这里作那健美的滑冰表演。月下，这里又是理想的舞厅，年轻人们将尽情游乐。

修一个仅有四十亩大的小公园，在大城市也许是不值一提的；而在我们这小城，却实在是一件功德无量的大好事。游园归来，欣然命笔，是为记。

五台山三日游

山西五台山，与四川峨眉山、浙江普陀山、安徽九华山为中国四大佛教名山。古往今来，每逢盛夏，山水生辉，游人络绎，其中还有不少善男信女，从蒙古、南洋等地，不远千里，来到这里，在晨钟暮鼓中，烧香念佛，顶礼膜拜。

近年来，我有幸陪同一些专家学者、诗人画家，几度到五台山研究文物，考查古建，访胜探幽，采风选画。白日登山远眺，情舒意畅；晚上案头灯下，作点小记。自觉兴味无穷，乐在其中。今摘日记三则，以飨五台山旅游者，倘能起点导游的作用，我便为之欣慰了。

一

吉普车在北同蒲公路上急驶着，车到忻县，向右转了弯，便经定襄向五台方向驰去。

《中国美术史略》要再版。我陪同作者——美术史专家、天津艺术学院阎丽川先生，到五台山补充和落实资料。

车过"济胜桥"，就算进入五台县境，有人把这座桥作为五台山的第一座南大门，过去有些朝山的喇嘛，从这里就开始磕起"等身头",一步一跪地磕到五台山腹地台怀镇,这就足见他们的信仰虔诚了。

车到东冶镇,离开了柏油公路,左向而去。行十华里,眼前出现了一个高耸的土丘,上上下下长满了高高的白杨树,绿荫丛中,掩映着一座深红色的古建筑,这便是闻名遐迩的南禅寺。

听到汽车声,文管所老王同志出来,把我们迎进了休息室。清静的庭院中,点缀着疏落有致的花池,百花正盛开着,屋檐下的葡萄树,挂满了沉甸甸亮晶晶的果实,安石榴笑破了肚子,露出满腹的珠玑,一切都是恬静的。热情的主人以清新馥郁的花茶款待着来客。

小憩之后,六十八岁的阎老便迫不及待地跨过一道小门进入南禅寺的大院。

面宽三间的大佛殿,牢固坐落在砖石结构的高台上,它已有一千余年的高龄了。这座大殿由于地处台山之外,香火冷落,无人问津,然而却幸免于唐武宗"会昌灭法"的厄运,未被焚烧侥幸留存。我想,世间的事情,竟是如此,祸福相生,祸福转化,这也许就是辩证的道理吧。

打开殿门,阎老为佛坛上那些彩塑所吸引,他赞叹这出自古代民间艺人之手的作品,竟能如此造型准确,衣着简练,体态丰满,结构严谨。他认为这精湛的艺术品在美术史中应该是大书特书的。

年代这么久远,大殿竟没有苍老? 不,它是返老还童了。人畜的践踏，风雨的侵袭，地震的摧残，使古建筑的部分梁架歪斜了，构件劈裂了。为了保护国家文物，这大殿不久前才落架重修，它倾注了今天专家们的心血，国家文物局局长王冶秋同志两次亲临现场指导工作，才使古殿焕物华，瑰宝庆昭苏。

已为一驻足，仍是百回头。离开南禅寺很远了，阎老还是不断地扭回头去，望望那土丘上的白杨树，树荫中的古建筑。

在五台县招待所午餐后，谁也不想休息，便漫步到县文化馆的后院，参观了元代至正年间所建的广济寺。这座浑厚朴实的古建筑，保持着元代"减柱造"的特有形制。殿内陈列着古陶器、古铜器以及书画文物，供人们参观学习。

下午两点，别台城，出北门，东上阁子岭，走完了一段山路，眼前豁然开朗，这就是五台县有名的产粮区茹湖盆地。平展展的土地上，渠网纵横，林荫夹道，车喧马啸，一派丰收景象。老年人也不记得这里有过"茹湖"，八月初更见不到雁阵，五台县八景之一的"茹湖落雁"，只能是载入县志的历史陈迹了。

走完盆地，前面是一条峡谷，两山夹峙，一水中流，正是"一夫当关，万夫莫敌"的形胜之地。据说在抗日战争期间，一二○师在这里打了一次漂亮的伏击战，就是那有名的"石沟战役"。

　　车出石盆洞，沿着清水河岸，行不多久，我们到达松岩口大队，别小看这个山村，它吸引着成千上万的参观者，不久前，还接待了加拿大的贵宾呢。这是因为在抗日战争期间，白求恩同志在这里创建了"模范病室"，为中国抗战工作作出了卓越的贡献。为了学习和纪念这位伟大的国际主义战士，建立了纪念馆。"五台山纪念白求恩陈列室"十一个金光闪闪的大字，镶嵌在新建的建筑上，字是山西书法界的老前辈郑林同志的手笔。花木丛中，拥出一座雄伟的汉白玉纪念碑，矗立中天，上面有聂荣臻同志的题词。

　　"模范病室"的旧址是一座临街的庙院。院北面的三间正厅是手术室，室内陈列着当年简陋而实用的各种实物的复制品。南面是一个戏台，"模范病室"落成后，晋察冀边区司令员聂荣臻同志在这个舞台上讲了话。东面一排房是当时伤病员的病室，屋前有一棵傲然挺立的老松树，当年白求恩同志经常扶伤病员在树下晒太阳，给大家讲故事。我们听着讲解员的介绍，面对这棵"虬枝连理友情深"的不老松，恍然想起了伟大的国际主义战士白求恩同志在电影中的音容笑貌。

　　离开松岩口，车仍旧循着清水河溯源而上。眼前，高山峻岭；脚下，芳草浪花。渐渐地、渐渐地，出现佛塔、墓碑、庙宇、寺院。金刚库过去了，前石佛、后石佛、白云寺也跑到脑后。路左，忽然出现了一处风景窟，这是镇海寺。三面群峰壁立，四围古松蔽天。更有一小溪，抛珠洒玉，清音叮咚，真是"山中景趣君休问，谷口泉声已可人"，奈何天色不早，我们只能在山口望望落照中的石阶磴道、山门屋脊。忽然几声鹿鸣，空谷传响，经久不息。

峰回路转，台怀镇突然呈现到眼前，大白塔直达青云，那菩萨顶的琉璃瓦在夕阳返照中，浮光耀金。而林立的寺院群，一组一个体系，一座一个面目。在这暮色笼罩中，数不清，看不透。缕缕炊烟在屋顶上缭绕，冉冉白云在山腰间游荡，好一个佛教圣地啊！

我们住进显通寺的二号院，中国佛协主席赵朴初先生在前几天也来了，他下榻在一号院的正室里。

一天的颠簸，我有点疲累了。晚饭后，正当解衣欲睡，忽闻"僧敲月下门"，进来的却是陪同阎老从天津来的小张同志。她说阎老精神尚好，兴致犹存，很想晚上就去瞻仰毛主席在五台山的路居纪念馆。一提这个去处，我的困意顿然消失了。

八月初，在北京、太原，仍是炎热难耐，手中的扇子尽管不停地挥，头上的热汗还是不住地出。而这"岁积坚冰，夏仍飞雪，曾无炎暑"的清凉胜境，穿着毛背心，还嫌不够，阎老身体不大好，我索性让他把大衣披上了身。

月下的显通寺院，松柏交翠，树影婆娑，有如"积水空明，藻荇交横"，这俨然是任伯年所画的《承天寺夜游图》，不过画中的人物却不是苏东坡和张怀民。

穿过"山海楼"，再过几道小门，走进塔院寺的方丈院，这里就是毛主席路居纪念馆。有毛主席、周总理和任弼时同志的路居室，室内按原样陈列着当年的床铺、桌凳、洗漱用具、笔墨用品的复制件。其简朴的程度是我们没有想到的。那是一九四八年，党中央从延安出发，东渡黄河，途经晋西北，四月九日来到五台山。中央领导同志在这里观赏了古迹，访问了蒙、汉、藏胞，毛主席还勉励大家努力生产，保卫果实。四月十日便绕道石嘴镇，东上长城岭，出龙泉关，到西柏坡，部署和指挥了全国的解放战争。

当我们走出路居馆后，小张为大家朗诵了叶剑英同志《过五台山》的三首七绝。我只记得一首，抄录于后，以免忘怀：

南台山上白云低，
人在云中路径迷。
可有神工能扫雾，
让吾放眼到平西。

二

阎丽川先生夜感风寒，支气管炎有点发作了，他只好在家休息，我随同赵朴初先生一行要上东台顶观日出。

五台山五峰耸峙，顶无林木，有如垒土之台，这就是五台山名称的由来。北台叶斗峰，海拔三千米以上，素有"华北屋脊"之称。东台望海峰，西台挂月峰，南台锦绣峰，中台翠岩峰。听这些名字，就够引人入胜的。

深夜三点就起床，分乘几辆吉普车，借着车灯的弧光，慢慢向山顶盘旋而上。大约走了四十里路程，车停了下来，我们已经来到鸿门岩。要上东台顶，只能舍车徒步了。其地正是高山缺口，茫荡天风，呼啸而过，我们身穿皮大衣，头还是不住往狐皮衣领中缩。路旁怪石嶙峋，有如虎踞兽蹲，年逾古稀的赵朴老也不要人搀扶，迈着踏实的步子，走在最头里，看上去，哪像七十多岁的老人呢。

快到五点半的时刻，大家就登上了望海峰的顶巅。叫做望海峰，实际是望不到海的，望到的是云海。不多时，东方泛起了鱼肚白，连绵不绝的群山峡谷中，大雾迷漫，风起云涌，顷刻工夫，升腾的白云覆了山脚，翻卷到山腰，沉没了小山，云海形成了，从眼前铺到那天尽头，用"五百里滇池，奔来眼底"形容它，似乎还嫌不足以说明它的壮观呢！远处露出"海面"的小山尖，在"波涛"中，忽高忽低，忽明忽暗，忽隐忽现，那也许就是神仙世界中的方壶胜境吧。

正在欣赏这洋洋大观的云海时，放白的东方更亮了，突然在那水天相接处，射出了万道红光，尽染了翻滚的"海水"。一瞬间，半轮红日喷薄而出，殷红殷红，晶亮晶亮，上升之状，恰似舞台上的动画片。当那初日离开"海面"时，似乎跳跃了一下，有如初生的婴儿离开了母体，天水变得更加明晰了。人们在旭日的光照中欢呼着，雀跃着，风在吹，"海"在动，一切充满了生机，充满了活力。

赵朴老即景生情咏词一首，那声音在山谷中回响：

> 东台顶，盛夏尚披裘，天着霞衣迎日出，峰腾云海作舟浮，朝气满神州。

不知是谁成心要开我的玩笑，也要我来一首。我着实有些窘迫，急忙念出故乡诗人元遗山的一首《台山杂咏》来解围：

> 颠风作力扫阴霾，白日青天四望开。
>
> 好个台山真面目，争教坡老不曾来。

"好诗！好诗！"赵朴老赞扬着。

大家说说笑笑返回鸿门岩。山风小多了，天也不像凌晨那么冷。站在高处远远俯瞰那台怀镇，酷似一个精致的小盆景，那殿宇碑塔井然有序地布置在四围青色中，她已经从沉睡中苏醒，开始接待那熙熙攘攘的远近游客。

返回显通寺的时候，才上午九点钟。我急匆匆地去看阎丽川先生。他吃了些药，已经好多了。我向他介绍那云海的奇观，日出的胜景，他以没能纵览江山的丽色，而感到是一件极大的憾事。

下午，陪同阎老游了三个寺。

五台山传为文殊菩萨的道场，传说东汉永平年间，这里就出现了寺庙。随着"佛法"的兴衰，庙宇便有所增损。现在台山内外，尚存大小寺院五十多处，一个地区寺院如此集中，这在国内外都是罕见的。

我们在显通寺漫步。这个建在汉明帝时的大孚灵鹫寺旧址上的建筑群，大都是明清的遗构了。殿宇宏大，古木峥嵘，大雄宝殿后的无量殿，是一座气度轩昂的无梁建筑，殿内特别引人注目的一件"经字塔"，据说是苏州的一位信士用十二年的时间写成的，一部华严经，组成了一个大佛塔，回栏曲槛，历历在目，斗栱华檐，形象俊美。那蝇头小楷，写得工整秀丽，始终如一，这实在是难能可贵的。而席地静坐的那些铁罗汉，还有一段动人的传说呢。明末崇祯年间，五台山玉花池的一位老僧，云游北国，四方化缘。每当手中所得布施，凡够铸一尊罗汉时，就在所到之地乞请能工巧匠，精心铸造。不知过了多少年月，走了多少路程，老僧的眉发皆白了，乃完成了铸造五百罗汉的宏愿。而这些罗汉怎么运回五台山，老僧却没有办法，出于无奈，便在返台的路上，吩咐每个罗汉说："老僧衰迈，力薄能鲜，无能将诸位运回台山，但愿某月某日各自归来，玉花池僧众接迎，罗汉台上就座。"

说也灵验，某年月日，玉花池的老僧领着众僧在拂晓前，来到罗汉台前，出乎意料，各路罗汉已先僧人在罗汉台上各就各位了，大家合十念佛，只见香烟缭绕，钟磬清幽。细心的老僧发现罗汉台上空出一个位子，再经清点，四百九十九尊。老僧奇怪，怎么会少了一尊？便再整行装，按路寻访。原来是有一尊罗汉，走到半路，遇一老人，便问到五台山的路程还有多远？老人说，还远着哪，不说你的脚是肉做的，就是铁的，也还得磨掉一截。谁知这尊铁罗汉，一经点破，便不能再行动了。这一日，老僧寻得此尊罗汉，就地盖了一处小庙，供奉起来。这便是五台山五百铁罗汉仅有四百九十九尊的故事。然而在"十年内乱"中，近五百尊的罗汉，劫后余生，仅存二百二十三尊了。玉花池的殿宇也荡然无存了，这些幸存的罗汉只好乔迁到这大显通寺的无量殿内来，聆听那大莲台上释迦牟尼的讲经说法。

无量殿之后的"清凉妙高处"，有一座铜殿，两座铜塔，都是明代铜铸艺术中的精品。铜殿用十几块隔扇门围起来，每一块是由一个省铸造的，文饰之美，工艺之精，实在是惊人的。细看门上图案，各不相同，合起来却能浑然一体，天衣无缝。殿内四壁上有小佛万尊，金光闪闪，灼灼照人。

铜殿下面，左右两侧，有两个玲珑剔透的铜塔，两丈多高，亭亭直立，铜锈斑斓，古趣盎然。这里的塔，原有五座，暗合五台之意，不知什么年代，有三座到外地云游去了，塔座至今还蹲在原处，等待和盼望着主人的归来。

显通寺院的松柏荫中，还有通无字碑，有好事者，刻上今人的诗词，后经僧众的反对，才借助于刀斧的力量，使无字碑又归无字了，然而那隐隐的刀痕留迹，依稀可见，这也许是无知给历史遗留的纪念吧。

游塔院寺，我们最感兴趣的是那二十一丈高的大白塔，

文物，而山门外一座汉白玉石牌坊，却是雕刻艺术中的一件杰作。若能把它用孙悟空的法力缩小到案头，就是一件精湛的象牙雕刻。它在青山和蓝天的映衬下，是那么清新明快，玲珑剔透，又像一幅刀笔洗练的木刻画，难怪老木刻家欣赏着，发出连连的赞叹，说这是"国宝"，应该很好地保护，同时他为一根柱子上损坏了一个龙头枋而惋惜。当他知道那是"四人帮"时期，破"四旧"的恶果时，这位有素养的老艺术家也破口了："那帮龟孙子，真是坏透了！"

大家怀着忿忿的感情走下龙泉寺高耸的石台阶，横过清水河的一条支流，车便走上了翠岩峰和锦绣峰的盘道。时令已入深秋季节，而那些山花野卉，仍是丛丛簇簇地向盘山路拥来，万紫千红，不可名状。车驶进了花的街巷，花的海洋，真有点锦绣裹山川的味道呀！五台山有许多名花异草，据《清凉山志》记载："名花有五，曰日菊、金芙蓉、百枝、钵囊、玉仙；异草有三，曰薺薹、鸡足、菩萨线。"对花木，我是所知甚少，但我知道，这里有一种叫做"蝎麻"的草，它有蝎子的本领，人挨了它，会痛痒。据说十几年前作家巴金先生到五台山时，他的夫人曾经领略过这种草的滋味。我介绍着这些传闻轶事，版画家和漫画家被逗得乐了起来。

到南台顶的岔路口，车转了个弯，向左而去。因为时间关系，我们不能去中台顶访问那些终年战斗在云海深处的五台山气象站的英雄们，然而为他们那种探测宇宙风向，不知疲倦，忘却困难的精神，从心田深处油然生发出一种崇高的敬意。

我们也没有攀登那古南台，繁花似锦的锦绣峰也只好割爱了。车转下坡路，前面来到人们传说的文殊菩萨示现的金阁寺。四面环山，白云低卧，鸟鸣谷应，幽静之极。该寺正殿中有一尊五丈三尺高的千手观音铜铸像，是五台山的第一大菩萨。殿内还弃置着两台一米高的莲瓣大柱础，是唐代的遗物，于此，也可窥见一点唐开元年间金阁寺的盛况了。

出金阁寺，一直是弯弯曲曲的下山盘道。中午时分，我们到达最后的游览点佛光寺。

午饭后，稍作休息，便对这座古建精华巡礼了。

一棵龙鳞"接引松"，伸展着挺劲修长的枝条，好像是在热情地迎接来人。书写着"佛光寺"三个铅粉大字的深红色的影壁，直立在老松树下，影壁的后面便是寺院西向的山门，上面挂着"全国重点文物"的保护标志。拾阶而上，过了山门的穿堂，便是一个宽敞的大院，新砖铺地，花木扶疏，殿堂整洁，庭院清幽。那坐北向南的文殊大殿，是金天会十五年的遗构，观其建筑，已见"人字架"的雏形，这在世界建筑史上恐怕也是最早的"人字"结构了。我们为之骄傲，祖先的聪颖和才智是不能低估的。院的东端又是上升的石台阶，台阶之上又是一座院落，花木更多了，更烂漫了。月季、玉簪在老柏树下散放着幽香；喜鹊、鸽子在屋脊上鸣叫和嬉戏。那座和山门相对的主体建筑——东大殿，居高临下雄踞在山腰间的高台上。那气派宏大的古建筑，使人眼界开阔，心胸充实。这是一座唐代大中十一年的原物，面宽七间，进深四间，单檐庑殿顶，有平缓的屋顶，硕大的斗栱，显著的"生起"和"侧脚"，朴实无华的"平闇"，一切体现着唐代建筑的风格和特点。就连那覆盆的莲瓣柱础，也都是精美的工艺品。殿内佛坛上三十多尊塑像，更是须眉生动，光采照人。肃穆的三世佛，慈祥的菩萨，英武的力士，虔诚的罗汉与供养人，矫健的青狮与白象，组成一个庄严的佛国世界。豪迈不羁，奔放有力，雍容华贵，丰满充实，体现出唐代雕塑的艺术美和时代风尚。那梁架上的唐人墨迹，那栱眼壁间的唐人绘画，那板门上各朝代的题记，琳琅满目，美不胜收，我们实在是如行山阴道上，应接不暇。力群同志最欣赏的是释迦牟尼佛须弥座上的一幅壁画，这画在佛座的束腰背部，紧贴扇面墙。几年前，在一个避雨的日子里，为古建专家祁英涛工程师所发现。我们用手电欣赏那精采的画面，力群同志为那生动的人物形象，奔放流畅的线描，鲜焕夺目的色彩所激动："好极了！这简直和吴道子的《送子天王图》是亲兄弟。"

东大殿外侧，有一座绳纹切砖、空心叠涩的祖师塔，是魏齐遗物。据说这就是当年梁思成先生在敦煌壁画上看到的"佛光塔",这塔把他引来五台山。一九三七年夏天,古建专家梁思成等四位教授来到这里,精心钻研,不舍昼夜,摩挲着殿前的大中十一年的经幢,寻觅着寺院中的题记,洗刷梁架,测量构件,绘图照相,屈膝会诊,才将这座沉睡千年的古物唤醒,公诸世界。殿前的两棵千年古松,是这大殿的伴侣,它目睹了这寺院的沉晦和昭苏。松针在微风中瑟瑟作响,似乎在倾诉:佛光寺自从回到了人民的手中,才得到了国家的真正保护,并引起世界上古建专家的重视,千年古物焕发出青春的活力。梁思成先生有知,也会含笑九泉之下。

在返程中,车过"济胜桥"不远,顺路参观了河边石刻工艺厂。这是一座社办的手工企业,专门刻制精美的仿古砚台。河边旧属五台县(今归定襄县管),县以山名,故所产之砚,仍名五台砚,简称台砚。河边村东,有山雄峙,名叫文山。文山之腹,多贮佳石,石工凿石于此,精雕细琢,成"石鼓砚"、"兰亭砚"、"贞观砚"、"宣和砚"以及"琵琶砚"、"犀牛砚"等等名目,远销日本和南洋,深受欢迎,还供不应求呢。砚石分红、紫、墨、绿四色,紫色细腻,绿色美观,因人而异,各选所好。版画家力群同志近来对国画和书法颇感兴趣,便定制了两方大墨海,生花之笔将与这台山之砚相得益彰,更臻神妙。

当我们回到晋北古城忻州时,已是灯火交辉,十分夜色了。

二唐寺纪胜

    世间的事物大抵如此，利弊相生，祸福转化。五台山，五峰耸峙，顶无林木，夏仍飞雪，曾无炎暑。五峰之内，称为台怀，其地青山环抱，白云吞吐，乔松滴翠，湍溪流碧。白云苍松间，佛塔凌空，伽蓝林立，徜徉其中，但觉香火青烟，眼中幻化，晨钟暮鼓，耳际缭绕。难怪每年盛夏，不独蒙藏喇嘛到此佛地，朝山进香，顶礼膜拜；更有数以万计的旅游者，云集台怀，消夏避暑，探胜寻幽。台怀的寺院，香火之盛，古往今来，经久不衰。其上布施者，不惟香客信士，更有达官巨贾。这里的僧众们便有经济力量，能够经常大兴土木，翻修殿堂，重塑金身。从东汉永平年间开始兴建大孚灵鹫寺，迄今近两千年的漫长岁月中，一个名为文殊菩萨的道场，竟没有留下一处明清以前的殿宇来。这寺院的"富有"，到底是福呢，还是祸？

    五峰以外的寺院呢，情况就大不相同，寺处僻壤，远离台怀，更兼山路崎岖，朝拜者少，往游者也少。其地香火自然冷落，寺僧能不清苦；哪里还有钱兴工动土，破旧立新呢？惟其如此，在这冷落和萧瑟中，却保留下五台山古建筑中的两处瑰宝来——二唐寺：佛光寺和南禅寺。这"冷落"是祸呢还是福？

几年来，由于工作关系，我似乎和二唐寺结上了深缘，每年少说也得去上一两趟。

时近中秋，我陪同一位外地的国画家和一位雕塑家往访二唐寺。一日下午，由忻州搭公共汽车抵达地处南台外的豆村后，便舍车徒步向村东北的佛光寺进发了，行约十华里，是阎家寨，由阎家寨东望，一华里外，峰峦起伏，杂树丛生，林中红墙隐现，林表鸱尾高昂。我对两位客人说，那便是佛光寺的所在了。在霞光夕照中，那古寺的琉璃鸱尾，浮光溢彩，煞是好看。两位客人迫不及待地走到我的前边，蹚过小河，爬上一段慢坡路，时有晚风吹来，殊觉遍体清凉，更有小鸟归林，亦飞亦鸣，幽韵不绝。行进间，已是月出东山，光洒大地。走过书有"佛光寺"三字的大影壁，见古寺的山门紧掩着，我上前去推门，已是关闭了，随后手叩门环，里面应声而来，由远及近，开门的是该寺多年的住持僧开展和尚。开展师是我的老相识，见我陪着客人在寺外，一面合掌致意，一面将客人们迎进客堂，帮我们打水洗漱。当他知道我们已在豆村用过晚餐，便劝我们早点休息，他独自回禅房去了。

我们躺在床上，月光入户，四壁如霜，更兼虫声唧唧，都说心水清澈，毫无睡意。雕塑家提议到寺院中走走，我们便披起衣服，走出客堂来。在花间月下散步，于清风古院细语。仰望那高台上的东大殿，黑乎乎的，和背后的佛光山融为一体，分不清哪是山哪是殿。只有那殿前的两棵古松树，在微风朗月中，龙鳞斑驳，虬枝交横，松影如筛，松涛如诉。我应两位艺术家的要求，为他们简略地介绍这寺院的历史。

相传佛光寺是北魏孝文帝时所创建的。隋唐之际，有高僧解脱禅师，隐佛光寺四十余年。贞观中，又有高僧明隐禅师在此开坛讲经。大历五年，法照禅师从南岳衡山不远千里，来到五台，见佛光寺南白光数道，便驻锡这里。

元和长庆间，法兴禅师在佛光寺建三基七间弥勒大阁，高九十五尺，尊像七十二位，圣贤十大龙王，殿阁巍峨，塑像宏大，僧侣之众，极一时之盛。在这僧众之中，于太和三年，有一位十五六岁的青年在此落发为僧，他便是后来有名的愿诚和尚。未几，李唐扬道毁佛，在"会昌灭法"中，佛光山中大火冲天，黑烟迷漫，诸僧奔亡，弥勒大阁毁于一旦。劫后，在残垣断壁中，惟留"祖师塔"孑然一隅，凄风萧瑟，光景暗淡。

大中二年，又崇释氏。四十岁左右的愿诚和尚重返佛光寺，发愿重修殿宇，更有上都（长安）公主宁公遇出资兴建。佛光山中，大兴土木，立柱、上梁、铺瓦、塑像、雕幢、画壁，出现一片繁忙的景象。在原弥勒阁的地基上建起了今天尚存的佛光寺东大殿。当我们交谈着走到古柏之下，人声惊动了树上的宿鸟，鸟儿飞鸣而去，那鸣声划破了月中古寺的沉寂，而我们身上也感到了阵阵的寒意，才回到客堂中就寝。

由于寺院的安静，一觉醒来，已是翌日早晨七点钟。早点后，我便开始陪同客人对佛光寺的古代艺术巡礼了。

佛光寺的整个布局是由西向东渐次转高的两个院落和一个广台组成的。走进西向的山门，便是一个宽绰的大院，花木夹道，庭院清幽。那坐北向南的文殊殿，是金天会十五年的遗构，面宽七间，进深四间，单檐歇山顶，檐下用单抄单昂五铺作的斗栱。观其形制，落落大方。进得殿来，室内黝黑而空阔，一个偌大的佛殿内，罗列着不规则的明柱。使国画家赞叹的是，那根横陈室中、长达三间跨度的前内额。当我给他们介绍到那后额用了近似"人字柁架"的构件，并且说明这恐怕是世界建筑史上最早的"人字"结构时，两位艺术家不禁喜形于色，为我国古代能工巧匠的聪明和智慧，流露出由衷的高兴和骄傲来。

文殊殿前的中院，卓然而立着一座大唐乾符四年的经幢，瞧那幢座束腰上的伎乐人浮雕，虽经历风雨的剥蚀，面目已经模糊不清了，却造型简洁，姿态优美。欣赏着他（她）们的演奏，似乎清音入耳，古调合拍。所以当我和国画家离开这座经幢时，雕塑家还蹲在那里摩挲着浮雕出神呢。

院东端，是上升的砖石台阶十数级，我们拾阶而上，来到第二个院落。该院南北两厢为客堂和僧舍，院虽不很大，花木却更加繁多和灿烂了。就中古柏下那两盆玉簪花，最为宜人，叶大如芭蕉团扇，花娇似出水芙蓉，清风习习，幽香阵阵，"佛光花木"诚为一景。院东有窑洞数间，窑洞之后，地势骤然陡起，高有十二三米，我们穿过一道半圆洞门，登上陡峭台阶，手扶木栏，直抵佛光真容禅寺的主殿——东大殿的广台上。

上得台来，景色更加清绝。其殿高踞佛光山腰，东、南、北三面群山拥抱，西面豁然开朗。凭高凌虚，佛光寺的客舍僧寮、山门影壁、文殊殿、藏经楼等建筑和古柏娇花，尽收眼底。其时，天空飘来毛毛细雨，如絮白云铺满了山门至阎家寨二里长的深谷，自然美和建筑美相得益彰，我不禁也为这壮丽景色心逸神飞了。国画家不知在什么时候已经打开了画囊。雕塑家又为大殿前的另一座大中十一年的经幢所激动着，他风趣地说："看这幢基上的八个石狮子，面向八角，两脚前伸，有跃然欲出之势，要不是头顶承托着三重素仰莲瓣，也早已跑进五台山的深山老林了。"

在两棵拔地凌空的古松后面，便是那座雄巍博大的东大殿。其殿面宽七间，进深四间，单檐歇山顶，屋顶平缓，广檐翼出，斗栱硕大，"侧脚"显著，"生起"明显，一切体现着唐代建筑的艺术风格和时代特点。

迈进大殿的高门坎，雕塑家首先为那五间长的佛坛上三十多尊唐塑的艺术品而啧啧赞叹。那释迦佛、弥勒佛、阿弥陀佛，或降魔，或说法，或指引，神情端庄，气氛肃穆。那些胁侍菩萨和二罗汉（阿难与迦叶），身躯微倾，恭虔礼佛。那半蹲半跪的供养菩萨，置身高蒂莲座之上，手捧果品，献于佛前，眉清目秀，阿堵传神。那观音乘狮，普贤骑象，"獠蛮"、"拂菻"牵引于前，青狮、白象行进于后。那身着甲胄，手持长剑的护法金刚，瞋目怒视，神气逼人。在这佛国华严的世界里，却有两尊眉目生动、光彩照人的等身供养像，前者是一位贵妇人，面目丰腴，袖手趺坐，丰韵高华，态度虔诚；后者前额隆起，颧骨高突，正襟而坐，神情清寂。这便是女弟子佛殿主宁公遇和建殿的有功之僧愿诚和尚的写真像。雕塑家对这两尊塑像最感兴趣，他说："纵观这些塑像，豪迈不羁，奔放有力，雍容华贵，动静相生，体现出唐代雕塑的艺术风格和时代特点。而这写真等身像，更显出古代雕塑家的高超技艺和写实能力，比之于十五世纪文艺复兴时期意大利雕塑家所创作的雕塑精品，也是毫不逊色的。"

画家最感兴趣的则是佛殿内那幅不大为人所注意的稀世之珍的唐代壁画，他说："瞧那庄严的佛像，慈祥的菩萨，英武的天王，婀娜飘逸的飞天，静笃诚挚的僧俗供养人，都以圆转劲健的线条，刻画出不同的面貌和衣着来。整个画面除醒目的石绿外，其他颜色都呈深沉的铁青色，这和敦煌壁画中唐画的风格是完全一致的，难得啊，难得！"当我们借助于手电的光亮来到佛坛上，走到本尊释迦佛须弥座后，紧靠扇面墙的地方，欣赏那绘在佛座束腰背部的壁画时，向来文静的画家，却激动得拍案叫绝了："这奔放流畅的线描，鲜艳夺目的色彩，别致生动的布局，达意传神的形象，甚似吴道子的《送子天王图》，所不同的是，前者为工笔重彩，而后者是白描人物吧？"

我则最喜欢欣赏那梁架下的题记，诚如梁思成先生所说，其书婉劲沉着，意兼欧虞，不绝意外，犹有魏晋人的遗韵余风。出东大殿，我们来到紧靠大殿东南角的一座古塔面前，这是一座形制奇特的六角重檐砖塔。塔以绳纹切砖叠涩而成。据说在敦煌壁画上，也有类似的塔型。这塔是佛光寺最早的遗物，建于魏齐，距今已有一千几百年的历史了。这便是那座在"会昌灭法"中免于劫难的祖师塔。

由于两位艺术家的时间紧张，不能在佛光寺久留，只好对寺外那唐代无垢净光塔、长庆方塔等文物割爱了，怀着一种眷恋的心情，告别了热情的住持和尚，离开这名山古刹，取道东冶镇，拜访那同享盛名的南禅寺去了。

佛门中有一句话，叫做"在劫者难逃"，其实也不尽然，南禅寺便是在"会昌灭法"中的幸存者。这寺建于唐建中三年，比佛光寺还要早出七十五年呢！人常说"树大招风"，为隋唐高僧驻锡的佛光寺，佛传入典籍，寺名驰海内，遇上了"灭法"的大劫，那当然是难逃的；而身为小庙的南禅寺，其名不响，无人注目，在劫难中，也就蒙混过关了，这或许也可以解释为"劫数"的。

由五台的东冶镇西去十华里，来到李家庄，眼前出现了一个高高的土丘，上上下下长满了高高的白杨树，绿荫丛中，掩映着一座深红色的古建筑，这就是四海驰名的南禅寺。

走进南禅寺文管所的庭院，文物工作人员老王同志闻讯出来，把我们让进了休息室。清静的小院中，点缀着疏落有致的花圃，早开的九月菊，已是姹紫嫣红，在篱边怒放了；屋檐下的葡萄树，在奔蛇走虺的枝条中挂满了沉甸甸亮晶晶的珍珠和玛瑙；安石榴笑破了肚皮，露出那满腹的珠玑，一切都是恬静的。热情的主人以清新馥郁的碧螺春款待着来客，热气在茶碗中蒸腾着，室内充满了温馨的秋光，洒在墙上挂着的那几幅古建照片上，使其显得分外清晰明快，妩媚动人。

小憩之后，艺术家们怀着急切的心情，在老王同志的导引下，跨过一道东向的小门，进入南禅寺的大院。面宽三间的大佛殿，牢固地坐落在砖石结构的高台上，大殿前有一个宽绰明净的大月台，是欣赏"南禅夜月"的好处所。东西两配殿和山门都比较矮小，是明清两代的遗物，而陈列在山门内的魏唐石雕，或佛像，或人物，或狮虎，都夸张大胆，造型生动，用无穷的艺术魅力吸引着走进山门的每个游人。

当老王打开大殿的板门时，艺术家们都为那佛坛上的彩塑而着迷。据说这里的唐塑都是出自古代民间艺人之手，竟能如此造型准确，衣着简练，体态丰满，结构严谨，顾盼有神，呼之欲出，而且设色典雅，古趣盎然，这是那些重装的塑像所无法比拟的。我说这些精湛的艺术品在中国美术史上应该占一席显著地位，雕塑家频频点头，表示欣然同意。

年代的久远，大殿竟然没有衰老？不，它是返老还童了。人畜的践踏，风雨的侵蚀，地震的摧残，使古建筑的部分梁架歪斜了，构件劈裂了。为了保护国家文物，这大殿不久前才落架重修，它倾注着今天专家们的心血。国家文物局局长王冶秋同志曾两次亲临现场指导工作，才使这古殿展新容，文物呈异彩，堂堂壮华夏，五洲拜谒来。

当我们将要告别南禅寺的时候，文管所的老王同志又把大家邀至休息室，窗前的几案上已经摆好了文房四宝，端砚里散发着氤氲的墨香，主人要求我们留点墨迹，我和雕塑家一致推举国画家作代表，请他题留。国画家略作思索便在洁白的宣纸上，笔酣墨畅地题写了赵朴初同志的词《忆江南·二唐寺》，其词曰：

> 二唐寺，瑰宝世间无。千劫何缘存象法，明时自不失玄珠。沉晦庆昭苏。

电影《三上五台山》拍摄见闻

五台山的夜晚是格外宁静的。

深沉的天空中闪烁着稀疏的星宿，只有四围的山沿和那星空长天划出一条高低起伏的曲线。到后半夜，月亮才会从山凹中升起，将那殿宇楼阁、古塔碑亭、僧寮客舍、苍松老柏等建筑和古木勾画出较为清晰的轮廓来。

夏历五月末的台怀，尚无一点暑热。到夜晚，似乎还有几丝寒意呢。我独自披起大衣，步出显通寺的客房来，一缕清钟，几点暮鼓，在偌大的寺院中悠然而起。循声来到大雄宝殿前，大殿中香烟缭绕，青灯辉映，上百的僧侣在神秘的氛围中，做着佛事活动。帐幔和幡帘后，露出佛、菩萨和罗汉们的尊像，泰然地受着众生的膜拜。"南无"的诵经声夹杂着木鱼铁磬的伴奏，一切是那么和谐，我于此理解了虔诚和肃穆的含义。

突然碘钨灯从殿堂的一角射过刺目的弧光来，大殿内竟成了光华四射的华严世界，僧侣们却无动于衷，仍然是合掌跪拜，精诚礼佛，一架摄像机将这场面收入镜头。一打听，我才知道，这是香港凤凰影业公司和兰州电影制片厂的工作人员，在这里拍摄大型彩色宽银幕故事片《三上五台山》。

我走出"震悟大千"的大钟楼，来到台怀街，六月庙会尚未开始，然而临街的临时饭铺、商店，鳞次栉比，到处都是。百货店已经关门了，白布帐篷中仍是灯光辉煌，而饭铺中，尚有三五食客，或小饮，或清谈。走走看看，看看走走，在台怀夜晚漫步，我还是第一次。杯盏的磕碰和笑语的喧阗，却丝毫无损于深山古镇的宁静；流星的殒落和陋巷的犬吠，也不会给人带来孤寂。我无意中，竟向广济茅蓬的方向走去。来到七佛寺的土岗下，路边停放着很多的小卧车，不少行人从四面八方向七佛寺拥去，我举头眺望，那里灯火通明，如同白昼。我到五台山，少说也有十几次，却没有去过七佛寺。此时便随着人流走上小路去。

啊，这是一所残破不堪的小寺院，那高大的正殿，墙倾檐折，满院的蔓草，想必是狐兔出没的地方，那几棵乔松古柏，在夜风中萧萧作响，似乎在讲述这寺院的兴衰史。大殿的一角，正在燃着一堆篝火，一会儿白烟升腾，一会儿烈火熊熊，殿前放着一个包袱，一个身着黑衣的人物从殿角转过身来，仰望长天，若有所思……

这七佛寺里，也正在拍摄《三上五台山》的镜头，可惜这里人山人海，残垣中，古树上，到处站满了围观的群众，我只能站在远远的高岗上看上几眼，只见那摄影师匆匆而前，匆匆而后，选拍着他需要的镜头。

我是无缘也无心挤上去看个究竟的。正欲返宿，在摄制组服务的一位朋友，无意中发现我站在无人的土阜上，便将我领进一位七佛寺僧人的禅堂中，给我绘声绘色地介绍了那故事的梗概。

清朝初年，顺治皇帝的爱妃董鄂妃病故后，顺治便出走五台山，落发为僧，遁迹禅林。适有天地会总舵主被清廷打入死牢，行将临刑，其子少舵主高翔化装为少林寺云游僧人，挂单五台寺院，暗中寻查顺治，欲以擒之，以易其父。更有女扮男装的满族少女王馨，也来五台山，寻杀顺治，以报清廷灭族之仇。同时，吴三桂和康熙皇帝的一个权臣，也各派武林高手，潜入台山，各怀不测，明争暗斗。一时间，菩萨顶磴道，罗睺寺古院，广济寺茅蓬，塔院寺碑廊，机关暗设，险夷不辨，侠客施计，寺僧惊魂。一个戒欲戒杀普度众生的佛门，顿时飞镖流弹，刀光剑影，履高墙如平地，穿古木似鹰隼，直打得惊蛇入草，飞鸟出林，光日暗淡，天地昏黑。究竟结果如何呢！朋友告诉我："还是留点尾巴吧，影片上映之日，悬案解决之时。到那时，你自然会明白的。"

听了朋友的介绍，《少林寺》、《武当》等影片的镜头一齐涌上心头，浮现脑海，这《三上五台山》也该是一部引人入胜、发人深省的影片吧。

　　摄制组的工作人员们，仍在七佛寺紧张地工作着，我独自往显通寺归路上走去，心中却有些忐忑不安，生怕碰上那蒙面人和持刀客，尽管我知道自己没有长着顺治皇帝的那副大耳朵。

清涟河畔

由五寨县城南望，青峰罗列，白云暧叇，青峰白云间，古寺苍松，烟云幻化。云开处，曲径通幽栖，雾起时，禅林洞门封，这便是晋右名刹南峰寺。寺前有南峰水库，群山夹峙，大坝高耸，清潭一碧，金鳞满湖，浩浩乎天开玉镜，地设画图，山光云影，倒映其间，清风漫起，波光迷离。至若中秋月下，月华皎洁，水光潋滟，游于古寺之中，泛舟明湖之上，或咏芦芽之诗，或歌清涟之章，其境之幽，其心之彻，声远音清，万籁和鸣，悠哉悠哉，妙处难与君说。

今到南峰，只见水波粼粼，不见古寺巍巍，经询问，才知那古刹，在"十年动乱"中也遭劫难，不禁令人叹惜，似乎那注入水库的清涟河还在为此呜咽呢！

我们循溪而上，吉普车在山间的公路上盘曲前进，那好山好水破目而来，潜移默化地把心头的不快洗去了，车行夹涧，略无阙处，奇峰怪石，百态千姿，诸如"仙人指路"、"猴子观海"、"老僧入定"、"飞来石"、"梦笔峰"等等，其惟妙惟肖可比黄山之胜，堪称佳绝。那树，有古

我们不能久留，便谢别热情款待我们的老大爷和诸位山村父老，趁着薄暮暝色，来到了荷叶坪下的清涟源头。这是一钵清泉，泉水汩汩涌起，翻起层层微波，汇成涓涓细流，跳石飞花，粼粼而泻。不觉月上东山，洒下一溪清辉，仰望长天，横空隐隐层霄，俯察细流，临谷弥弥浅浪，于此清境中，徜徉良久，然后再驱车前行，投宿到荷叶坪顶巅的四八四四工地。

夜深了，我久久不能入睡。清涟河畔的桃源佳境，河畔农家的陶陶情趣，如同醇厚的老酒和喷薄的清泉，直让人回味着，回味着……

吕梁情思

过吕梁山

雨水已过，惊蛰即将到来，应是万物回春的时候了，突然纷纷扬扬降下漫天的鹅毛大雪来，将晋阳大地裹了一个严严实实。

雪后初晴，我随山西省部分美术工作者到吕梁深入生活。车行大路上，犹入画图中，极目远望，真有点"赤县翻作银世界，青山尽放白梅花"的诗意了。到晋祠，那唐碑宋宇、隋槐周柏破目而来，琼楼玉宇中，不是有"笑语嘤嘤立满堂"（郭沫若词句）的四十多位宫娥吗？到交城，在玉树琼花中，又拥出一座崇楼峻阁来，这就是那"连峰夹涧画爻环"（赵朴初诗句）的卦山了，据说电影《古刹钟声》便是在这里拍摄的。

车过文水县城不久，我们来到云周西村，那丰碑凌空、乔松滴翠的刘胡兰烈士陵园，在茫茫白雪的掩映下，庄严肃穆，令人肃然起敬。

前面就是汾阳杏花村，不禁两腮生津，真有点"道逢曲车口流涎"的意思了。车内的同行们，人人引颈寻觅那遐迩闻名的"古井亭"（即"申明亭"）。有人自然而然地诵读起杜牧的诗作来："清明时节雨纷纷，路上行人欲断魂。借问酒家何处有？牧童遥指杏花村。"且不管诗人是写哪里的杏花村，而今天的"汾酒"和"竹叶青"，却是蜚声海外，誉满全球了。

到汾阳的杨家庄以后，便进入黄土丘陵区的峡谷地带，漫山遍野的灌木丛上，挂满了白雪球，俨然是一幅无边无际的棉花丰收图；而公路两旁的核桃树，却是"千树万树梨花开"，阳光下，花光灼灼，耀人眼目，时有觅食的山雀啄落枝头的积雪，瑟瑟作响，纷纷下落，却又似杨花柳絮，飘飘扬扬。

汽车到吕梁山赤硙岭，盘旋而上，甚是艰难。眼前山崖壁立，脚下沟壑纵横，"之"字拐的道路，蜿蜒其间，这就是《道路的性格》（上世纪七十年代美术家冯霞的一幅油画作品——著者）吗？悬崖上，有几棵虬松挺立，顶风冒寒，凛然而生。对景生情，又有人朗诵起"大雪压青松"的名句来，我则想起了陈毅同志的另外两首诗《过吕梁山》："峥嵘突兀吕梁雄，我来冰雪未消融。花信迟迟春有脚，夕阳满眼是桃红。""林壑深幽胜太行，收罗眼底不辞忙。雪海冰山行不得，飞岩绝壁路偏长。"这是一九四三年十一月，陈毅同志遵照党中央和毛主席的指示，由淮南黄花塘新四军军部出发，赴延安参加整风运动和党的第七次代表大会，于一九四四年二月途经吕梁山吟成的。无产阶级革命家兼诗人的陈毅同志，仁马"峥嵘突兀"、"冰雪未消"的吕梁山上，横槊赋诗，雄浑跌宕，声震山谷，气壮山河。革命事业的"花信"虽然"迟迟"，然而"春"天"有脚"，就要来临，看到满眼的"夕阳"，便想到革命胜利后烂漫的"桃红"。吟哦其诗，深感含蓄蕴藉，耐人寻味，清新活脱，寓意深远。第二首则可看出作者在戎马生活中，尚能寄情山水，既赞美了吕梁山的"林壑深幽"，也体现了革命家在"雪海冰山"中从容不迫的云水襟怀。后两句则是写出了道路的险阻，从而反衬出作者急于到达延安的迫切心情。所以当陈毅同志三月七日到延安，四月间"七大"开幕时，便写出了："百年积弱汉华夏，八载干戈仗延安。试问九州谁作主，万众瞩目清凉山。"

时值二月，又逢雪后，我过吕梁，不独欣赏了吕梁山银装素裹后的风采雄姿，又领略了陈毅同志笔下的诗情画意，我庆幸，此行在我的脑海中留下了一幅永不消失的画面——"峥嵘突兀吕梁雄"。

碛口记游

由临县县城沿湫水河岸，西南行一百华里，就到了临县的"西南孔道"碛口镇。小镇面临黄河水，背倚卧虎山，凭高据险，确是一处形胜之地。据县志所载，该镇自清代乾隆、嘉庆间，其名便大著了，只是不记得之后哪个年代，黄河泛滥，将碛口镇的头道街和三道街冲了个精光，只有二道街和四道街幸存。今天这碛口半镇，据说曾经是河防要地和水陆通衢。

往昔，黄河北来，经临县境二百余里，沿河石壁巉岩，军行无路，间有山径，皆为羊肠小道，惟碛口为临县之门户，所以河防之设，历来必以此处为要点，安营下寨，督师坐镇，凭险设防，扼其咽喉。另一方面，碛口与对岸虽无津梁之设，而临县沿河十三处渡口，必取道于此，当年这里商船云集，货积如山，上至包头、榆林，下到潼关、风陵渡的商旅，往来其间，络绎不绝。有时岸边停泊五百多条船，熙熙攘攘，热闹非常；而那送运货物的骆驼，有时多达三百多头，风餐露宿，日夜兼程，晓风残月中，驼铃传响，清韵回荡。

今天的"碛口半镇"，古老恬静，低矮而简朴的商店，大都油刷成乌黑色，每根柱子上都贴有红对联，红黑相映，古趣盎然。小摊上摆着各种土特产和食品，任人选购，甚是热情。同行者，大都挑选了几个闪闪发光的黑釉小罐，作为留念。我沿着干净整洁的青石小道，登上了卧虎山。

卧虎山，又名黑龙峁，上建黑龙庙，是清代道光年间建造，有乐台、钟鼓楼和下殿等建筑物，倚山而起，参差有致，殿阁嵯峨，石径幽深。登阁四眺，碛口小镇，尽收眼底。时值春晓，惠风和畅，山色泛青，柳芽初绽。田畴间，整地耘田，山歌互答；送粪的小担儿，一溜烟担过了湫水河，说笑声，洒满了小树林。而只有那喧嚣的黄河水，一泻千里，气壮声威。"碛"，在字书里的解释是沙石上的急湍。湍，吴越谓之濑，而中原谓之碛。"碛口"，自然是指黄河中的那处急湍了。我们凭栏望去，那中流的"二碛盖"就是碛口的最险处，这里不独礁多水急，其落差也是十分显著的，船行其间，随波逐流，人在岸上，察看船只，时隐时现，似乎小船被急浪吞噬着，若非精明强干的水手，在这里是不敢轻易放舟的。至于在那清明前后，冰融水涨，奔流直下，冰大如山，商旅不行。不谙其情者，只落得樯倾楫摧，人葬鱼腹了。

就是在这往昔的河防要地，一九四八年春天，毛泽东、周恩来和任弼时等同志，离开延安，于三月二十三日在碛口以北二十华里的高家塔东渡黄河，来到碛口镇，并在寨则山留居一宿，而后到晋绥边区的所在地兴县蔡家崖去了。事前，晋绥分区和贺龙同志为中央同志的到来，在沿途和渡口作了严密的保卫工作，并选拔出二十名水手为他们摆渡。碛口，这个被誉为"物阜民熙小都会，河声岳色大文章"的小镇，在中国地图上连个小黑点也找不到，但是，它在中国革命史上，却留下了前进者的足迹，渡河、住宿也许没有什么可以大书特书的地方，然而对老一辈革命家的怀念，正像黄河的水，不舍昼夜，永不绝期。

六柳亭记

久慕"六柳亭"的盛名,一到吕梁山西麓、蔚汾河北岸的兴县蔡家崖,我便径直到晋绥军区司令部的故地去,寻觅那饱经风霜、翼然而立的亭子。然而跑遍了司令部的院落,却没有看到亭子的踪影,我便有点怅然了,难道那亭子也在"文化大革命"中被"破旧"了?经询问,才知道,这"六柳亭"是本无亭的,它是指贺龙同志亲手培植的六棵柳树而言的。一经解释,我心中如释重负,就直奔那六棵柳树下。

在司令部大院中央的草坪上,那六棵柳树,井然有序,成六边形。只见六干挺立,直上撑空,枝条开始泛青了,树冠间呈现出一种淡淡的绿意来。在斑驳的柳荫下,有用砖石砌成的六角形亭基,内设石桌石凳,供人游息。每当盛夏,枝叶繁茂,隐天蔽日,坐于树下,俨然亭中,所以人们将这一处所称为"六柳亭"。

"六柳亭"在今天,成了游人学习和参观的地方;往昔,它却有着一段不平凡的经历和见闻。抗日战争爆发不久,华北形势十分危急!贺龙同志和关向应同志按照党中央洛川会议的决定,率领一二〇师挺进晋西北抗日前线,开展游击战争,一九四〇年十月六日成立了晋西北军区司令部,即后来的晋绥军区司令部。这六棵柳树就是诞生在那血雨腥风的年代里。

三九严冬,雪封大地,抗战偶遇难题,贺老总紧凝浓

眉，宽阔的脸上，消失了同志们常见的亲切的微笑，来到
"六柳亭"边，抽着烟，踱着步，那"亭"畔雪地上，则会
留下深深的脚印。而在寒冷的空气中，则弥漫着一股股烟
丝味。每当思索的问题得到解决，老总便莞尔一笑，急匆
匆地回到"亭"北的窑洞中，这是贺龙同志的办公室和宿
舍。

　　在坚持敌后抗战的艰苦时期，"六柳亭"周围的空地
上，种满了各种蔬菜。烈日当空，贺老总和司令部的同志
们一起到蔚汾河中挑水浇菜，施肥培土，样样活计都干得
很麻利。老总一旦热得满头大汗，便到"六柳亭"中去歇
凉，并和同志们杀几局棋，有谁输了，便到河中挑水一担，
来浇六棵柳树。有时说笑声，竟随柳丝荡漾开来，直上云
霄。

　　至于春和景明，或者花朝月夕，贺老总总是在"亭"
下看书学习，有时也在这里和同志们谈心聊天，而更多的
时间是和边区的领导同志们研究工作。

　　"亭"西北角的军区司令部大礼堂，也是在那轰轰烈烈
的大生产运动中兴建的，不花政府一文钱、一个工，是干
部和战士们自行备料、亲自动手建成的。一九四八年四月
一日的晋绥干部会议就是在这里开始召开的，毛主席主持
了会议，并作了重要的讲话。而"亭"西南的那间小西房，
就是毛主席四月二日接见《晋绥日报》编辑人员并和他们
谈话的地方。至于毛主席、周副主席、任弼时同志和贺老

总等研究关于解放区的土地改革工作和全国解放战争反攻阶段的战役部署等重大问题，则是在这"六柳亭"中进行的。

"六柳亭"本无亭，六柳树，也只是几棵普普通通的柳树，而古往今来的名亭胜所，哪处可曾有过"六柳亭"所建树的丰功伟绩呢！我坐在"亭"中石凳上，注视着周围消融的积雪和蒸腾的热气，六柳树的枝条飘拂着，我陷入了无边的沉思，突然《元帅之死》的电影向我袭来，不禁潸然泪下。我仰望天空，蔚蓝的天幕上忽然幻出几个耀眼的大字来："吕梁苍苍，汾水泱泱，先烈伟绩，山高水长！"

晋城揽胜

清明前数日，我伴着一整天无声飘洒、如烟似雾的春雨，抵达上党的古泽州——晋城县，心境格外地爽快。这次到晋城，是旧地重游，那名山胜区，在我的脑海中留下了几幅线条分明的速写，不时呈现到我眼前来。

景德桥

一清早踏着湿漉漉的柏油马路，漫步到县城街道上，高大明洁的商店整齐排列于长街短巷，宏伟壮美的影剧院井然罗列于广场四周，夹道的梧桐泛着隐隐的螺青和鹅黄，披拂的垂柳含着淡淡的晨雾和朝霞，那探头墙外的桃花，经夜雨的洗礼，却是一幅"胭脂湿"的天然好丹青。在这恬静和舒适的环境中，已是早市如织、热闹非常了，行人选购着新鲜滴翠的蔬菜和细嫩洁白的豆腐，旅客就食着喷香的油条和丸子汤，还有的在品尝那本地特产的山楂酒和风味小吃牛羊肉，并发出啧啧的称赞声。呵，可爱的晋城，你热闹而不喧嚣，你繁华而不杂乱。

穿过一道黑瓦白墙、阁楼栉比的小巷，忽然听到几声酷似拖驳船的汽笛声（发自某工厂的声音），使我恍如置身江南水乡。出县城西关，见一石拱桥，凌空而架，连接东西，远远望去，真是"如初月出云，长虹饮涧"，这就是《中国古桥梁》一书中介绍的晋城"景德桥"。其桥先作单孔大弧券，在跨度五丈的大拱上叠架两个小拱，更觉玲珑剔透，煞是健美，它的用途是分流，即所谓"盖以杀怒水之荡突"。徜徉桥下，见券石上有题记一则，便知道景德桥，初建于金大定二十九年，落成于明昌二年，三年筑成。到新中国成立后，因年久失修，部分倾圮，于一九五六年又兴工动土，照原样补修，并新加栏板，使古桥焕然一新。

景德桥的历史和规模虽不及赵州大石桥久远和宏伟，但其形制确是在赵州桥所影响下而建造的兄妹桥。它曾沟通了古泽州的通衢大道，方便着南来北往的商旅，也为我们留下了有着极高建筑艺术价值的历史胜迹，给新晋城增添了几许姿色。

玉皇庙

由县城西去三十里，到府城村，村北高岗之上，偌大的一组古建筑，碧瓦朱墙，掩映于古柏老桧之中，这便是我省的名胜之一晋城"玉皇庙"。庙分三进，就势而筑，在四千平方米的土地上，玉皇殿雄踞于后院的高台正中。游人拾阶而上，循着回廊曲槛，漫步于青砖铺地的古香庭院，有两株稀见的木瓜树，老干斑驳，枝杈交错，丁香爆出了绿叶，芍药努出了红芽，更有那迟谢的腊梅，在清风中，散发着阵阵幽香。

在殿堂里，那三垣、四圣、九曜星、十二辰、六大尉、二十八宿等道教的塑像，比肩而列，各呈异彩，真使人目不暇接。我们这一伙美术工作者，都为"二十八宿"的精湛雕塑技艺所倾倒。瞧那具"虚日鼠"的女像，玉面丰满，长发垂肩，手托小鼠，文静自然。而那"毕月乌"的长者，头颅微仰，银须飘洒，目送飞乌，慷慨陈情。"房日兔"的这尊老人，则是双眉紧敛，口角微翘，凝神沉思，探索堂奥。那"凶煞型"的"角木蛟"，却是怒发飞扬，赤脸瞠目，斗法降蛟，雄猛粗犷。面对这些呼之欲出、神采逼人的杰作，不禁为我国古代雕塑家匠心独运的高超技艺拍案叫绝了。同行者，有的手中团弄着自己准备好的泥巴，临摹起那佳作来，有的勾勒着服饰花纹、袖口图案，我则去搜读那房廊中林立的碑碣题记，想寻求些有关这些雕塑的历史。

玉皇庙，据石刻题记，是创建于北宋神宗熙宁九年，以后各代，迭有增修，去年又增建了碑廊前现今的栅门和门侧的围墙，以保护宋元明清各代的丰碑巨碣。

精美的"二十八宿"雕塑，据说是出自元代雕塑家刘銮之手。《二十八宿歌》中曾有吟咏："举枚上下一一数，一一生气嘘云风，相传刘銮负绝技，此像或是銮之功。"刘銮，又叫刘元，河北省宝坻县人，幼年从青州杞道录学习塑像。元代至元年间，忽必烈请尼泊尔大雕塑家阿尼哥监修护国仁王寺，刘元经人引荐，参加了塑像工作。在此期间，他虚心学习阿尼哥的技艺，把印度、尼泊尔的技法融进了中国的雕塑之中，并不断改进，精益求精，刘銮遂成为一代雕塑宗匠。而他的塑像，遍及北京、宝坻、易县，就连晋北代县西若院的"牛拉寺"，也有人谈到是刘銮的遗作，可惜的是那里的瑰宝已毁于"文化大革命"十年浩劫之中。刘銮的塑像不复多见了，而他的故事，至今还传诵于人们的口头，为了纪念他，北京有刘兰塑（兰、銮音近）胡同，宝坻县有刘銮庄。

珏　山

由晋城县城东南去五六十里就到郭壁大队了，出郭壁村不远，有一阔大石台，涌出南北两山之中，石台四周形成塞堡，列女墙于上，并置重门其间。崖壁有流泉飞瀑，喷珠抛玉，悬然注壑，声如金石掷地，空谷传响，形似画图张壁，天钟神秀。

于石台山隔水而望，只见对面一山，两峰丫角，巍峨耸翠，上接青霄，下临丹水，这正是泽州的名区珏山了。珏山之巅，在明代中叶，上建金殿，内塑圣像，效武当山故事，祀祠元帝。过去每当三月三，春光浩荡，游人络绎，朝山进香，不舍昼夜。至于"珏山吐月"，则更是清景无限。每值中秋之夜，明月忽出两峰之间，韵士漫游双顶之上，对酒和唱，抚松盘桓，流连永夜。

走下天然塞堡，转山过涧，来到珏山脚下，只见石梯重磴，扶摇直上，大家屏息静虑，缓缓而攀，走完四百余级石磴，来到山顶。放目于高山之巅，俯瞰丹水，遥望群峰，不禁心旷神怡，竟作起歪诗来：

足踏丹河浪，手挽太行云。

今我向何方？直指珏山岑。

珏山一何壮，我心一何欣。

飘然忽飞去，星辰若可扪。

双峰捧明月，一径落彩虹。

琳阁冲霄汉，重磴接天宫。

香亭览胜迹，崦顶觅仙踪。

兴尽乘风去，悠然若飞龙。

青莲寺

下珏山，涉丹水，清冷异常，却见中流水光澄澈，靠岸粉浪喧辉，正是春态逐云，景色妩媚。过了丹河，小径坎坷，怪石嵯岈，山环路转，始登高岸。忽有"塔影遥从天外耸，青螺浮向画中皴"。啊！"古青莲寺"到了，我们叩门而入，一位长者带领我们观赏了大佛坛上的彩塑，法相庄严的文殊菩萨，流露出唐塑的余韵流风，素面丰腴而脱俗，气度持重而慈祥。

参观完"古青莲寺"，主人锁上了庙门，主动导引我们往该寺不远的"青莲寺"漫游。

迎面是硖石山，峰峦参差，拔地而起，峰北有嵌岩，岩奥有鳔，风起鳔啸；岩下有池，雨来池满，往昔寺僧汲饮于此，终年不竭。山脚下的一区梵宇瑶宫，就是青莲寺。寺经千年，屡遭洗劫，殿阁残败，杂草丛生，所幸唐宋以来的碑碣，比比皆是，名人题咏，读不胜读。老人介绍说，隋僧惠远，是泽州霍秀里李氏之子，五六岁时受业于北齐僧人昙始，戒律精严，禅理通达。曾游学邺下十余年，后携徒侣，卜居藏阴与西丹谷，演大乘教，博谈经论，四方皈依，遂建大阿兰若于此地，即今青莲寺。老人指着一座小峰，高约数丈，顶平如砥，纵广十余尺，传说当年惠远曾在台上注疏《涅槃经》，书成掷笔而去，并口中念道："若疏如禅理，笔当驻空。"所以这个台就叫"掷笔台"。随后我们又看了"弥勒涧"、"款月亭"诸名胜。

青莲寺东去不远，还有藏阴寺，是昙始的道场。传说昙始讲《涅槃经》的时候，有猿猴献果，野雉来听。

因时值薄暮，更兼山路崎岖，我们不能再去藏阴寺探访了，便谢别了导游老人，踏上归途。蓦然回首，那落照中的硤石山和青莲寺，不正是一幅很好的山水画么，而将金代杨廷秀的一首咏青莲寺的七律，用来作题画诗，恐怕也是再恰当不过了：

> 青莲胜概名天下，竹杖芒鞋得得来。
>
> 障日乱峰围翠柏，倚天峭壁老苍苔。
>
> 一炉沉水藏经阁，千古清风掷笔台。
>
> 欲访开山圣贤迹，断碑细与拂尘埃。

丝路行记

　　一九八八年十月间，甘肃省西峰市举办"古象杯"全国书法大赛，我应邀为评委，遂有陇东之行。

　　敦煌，有闻名世界的艺术宝库莫高窟，早在我初中读书时，看到了画家潘絜兹先生所创作的《石窟艺术的创造者》，便心向往之。"文革"初，于破"四旧"的书堆中，捡出了一本《敦煌变文集》，翻读后，竟对变文、讲经文、缘起佛教故事等俗文学产生了浓厚的兴趣，遂起机缘，决心寻求机会，到敦煌去看看。所以在西峰书法大赛评选揭晓后，我便径直到河西走廊西端的重镇古沙州，拜访了朝夕向往的莫高窟。而后返经嘉峪关、酒泉、张掖，过祁连雪山，到西宁，访塔尔寺。再经兰州、呼和浩特而归晋。前后历时二十天，在匆匆行脚中，日有所记，虽多简略粗陋，却也是我在丝绸之路上的雪泥鸿爪。

十月十八日

　　上午八点离忻州，十点抵太原，直至书协山西分会，协会为每位理事配备了《诸子集成》、《通鉴纪事本末》、《中国古文字学通论》，发我的三部书遂让李建平同志捎回忻州。

中午在省书协秘书长王治国同志家就餐。下午，经由治国同志联系，购得卧铺票，下午两点十分乘由北京经太原到成都方向的火车赴西北。

十月十九日

凌晨四点半，火车抵达西安。下车后，间有小雨，街道上灯光映照，行客匆匆，小吃叫卖声，旅社留客声和火车汽笛声，使古都西安嘈杂和烦乱，由于在我眼镜片上也挂满了细雨，眼前扑朔迷离，正幻梦中景色也。

出车站，街上湿漉漉的，通过几次询问，终于找到了西安长途汽车站，购得往西峰市的车票。随后就早餐于车站食堂。由于时间紧张，就不能再仔细品尝羊肉泡馍的风味了。以前曾两到西安，访碑林，游雁塔，过临潼，洗华清，卧病在骊山脚下，访画家于防震棚中，往事如昨，尽现脑海。

时到七点，天已大亮，便上汽车往西峰而去。车出西安，在咸阳古道上奔驰，车窗外细雨朦胧，田畴间水汽蒸腾，远山一抹，林带隐现，将浓忽淡，似有若无，俨然是李白"平林漠漠烟如织"的词境了。车过礼泉，路旁出现了一大堆一大堆的柿子，在白雾中那橘红色恰似燃烧的火焰，格外耀眼。车推的，袋装的，人来人往，热闹非凡。

经道乾县，首先想到的自然是唐代那些天子贵胄们，因为他们的陵寝就在这里，乾县正是因为李治与武则天的一座合葬墓——乾陵而得名的。六十年代发掘的永泰公主墓，其精湛的壁画和瑰丽的唐三彩陶俑，也曾轰动一时。行进中，路左忽然出现了一座高丘，那正是章怀太子墓。这位曾经注释过《后汉书》，又被立为太子的李贤，没料到因阻挡了母后登基的愿望，旋被废为庶人，放逐巴州，三十一岁便自杀身亡，死后的陵寝却如此宏伟，细想来，沧海桑田，世间又何止一个章怀太子呢。

由关中平原，转入黄土高原，渐又进入高山大岭之间，汽车转折盘旋，缓缓行去，时入白云深处，时在峻岭之上。黄叶飘零，秋雨萧瑟，经永寿，过彬县，前面不远处呈现出一座仙山楼阁，它便是陕西省最大的石窟寺——彬县大佛寺。据说寺内有北朝及盛唐时的雕塑像及唐宋人的题记石刻，奈何只能在车中一顾，瞬间，古寺便抛到了身后，竟成空中楼阁，幻而复失了。

中午，停车长武，以便就餐。然而一路颠簸，饱受劳顿之苦，什么也吃不下，买了几个熟鸡蛋，勉强下咽，便回车上，闭目养神。

车又起行，入甘肃宁县境，雨方停歇。下午五点许抵达西峰市，下榻庆阳地区招待所，时有西峰市文化局局长薛超、副局长杨才全等同志接待。先我而到者，有甘肃何裕（聚川）、青海李海观、新疆申西岚、宁夏胡介文诸先生。后我而来者有宁夏柴建方君。

晚，市文化局设宴，为大家接风洗尘。餐后，稍作休息，便研究了有关书法大赛的时间安排和评比事宜。

十月二十日

上午休息。早饭后，我漫步到新华书店，书店尚未开门，在街头徜徉半小时，然后再到书店，购得叶圣陶先生所著《我与四川》和郑理、周佳合作的《李苦禅传》二册，返回招待所，置诸案头，随时翻阅。下午，"古象杯"全国书法大赛组委会介绍征稿情况，评委们讨论评审办法。

十月二十一日

从全国五千七百多件来稿中，经当地书家初选，选出六百件佳作，然后分真、行、草、篆、隶、篆刻等门类，进行复评。

下午五点，西峰市市委书记、市长等领导同志来看望评委，然后共进晚餐。晚上，召开了简短的座谈会，书家们多不善辞令，主人们则是一通欢迎和感谢的套话。

十月二十二日

上午，文化局的同志们已将复评后的作品，全部悬挂礼堂，评委们以无记名的投票方式评出一等奖十件，二等奖二十件，三等奖三十件，优秀奖若干件，又对这些作品进行总审复议，最后核准获奖名次。

下午，发布评选结果，庆阳地委、行署等领导同志到会祝贺。会后举行了笔会，当地群众颇好书法，围观者云集一堂，委实难以应酬。

十月二十三日

整日作应酬书件，为书法大赛题词"古象忽呈新象，西峰又攀高峰"，为博物馆题"古象雄风"，其余多是古人诗词章句了。

中午，原地委书记李生洲同志来访。老李在一年前曾致函于我索书，我到庆阳，特来致谢。他说西峰原是一个小镇，现为庆阳地区行署所在地，当年为陕甘宁边区的一部分。这里民风古朴，近年来群众性的书法活动颇为热闹，因此地曾出土黄河古象，原物已调拨北京自然博物馆陈列，为科技文化界所瞩目，便以"古象杯"为题，搞了这次全国性书法大赛，想借此推动庆阳地区书法事业的发展。

晚餐，在一家有地方风味的小餐馆进行，主食为当地名食"哨子面"。饭虽简单，做工却很精致，也颇可口，正是物美价廉者也。饭后，浏览街头小吃，在油灯、电石灯、炉灶火舌的光亮中，小摊林立，人影晃动，面食、油食、饼类，样式繁多，五花八门，叫卖声，吆三喝四，煞是热闹，正儿时所见庙会中景致。随后步入剧场，观西安等地名角到西峰演出的折子戏、清唱，多为秦腔和郿鄠调，高亢激越，粗犷雄强，当入"西北风"范畴。

十月二十四日

上午在旅社读书。

下午参观北石窟寺。大家在市文化局领导的陪同下，

乘车出西峰，西南向而行。车在黄土高原上奔驰，深沟大
壑，纵横无际，仰观碧空千里，白云闲渡；俯察黄花点缀，
落叶缤纷。虽值深秋，喜经夜雨，空气分外清新澄洁，游
人自然心旷神怡。

车行五十里，遂由原上驶入坡谷，到寺沟，在蒲河、
茹河交汇处的东岸上，龛窟罗列若蜂窝状，便是北石窟寺。
主人延请大家至接待室，吃茶小憩，并介绍了这石窟寺地
处丝路北道，在北魏永平二年由泾川刺史奚康生开始建造，
后经西魏、北周、隋、唐各代均有开凿，现存窟龛近三百
个，造像两千余尊。

大家迫不及待地穿一道南向小门，开始了石窟寺的巡
礼。窟龛开凿在黄砂岩的岩面上，分上中下三层，其中最
大的当是第一百六十五窟了，为此寺主窟，正为永平二年
遗构，内有七世佛，身躯硕大，造型敦厚；而窟中的浮雕
伎乐人，则更是形态感人，神采毕现，观其演奏，耳际犹
有仙乐缭绕，可谓声情并茂（地声也是声）。那第二百四
十四龛的西魏供养人浮雕，也极简洁明快，人物潇洒而不失
高古格调，若顾虎头《女史箴图》卷。至于那些唐窟的造
像，更是精采绝伦，令人倾倒。其中一窟，似乎住过人，
或是遇雨避寒者，或是放牧烧食者，曾在这里架起火堆，
烟熏火燎，使一铺石雕被熏得如墨玉一般，然风韵犹在，
别有一番情致。

与北石窟相应的姐妹窟——泾川南石窟，据说距此九

十里，同为北魏所开，规模略小，因时间关系，也只好割爱了。至于离这里也不算远的"凿仙窟以居禅"的宁夏固原县须弥山石窟，那更是无缘问津。

临别北石窟寺，应邀留题"魏唐精英"四字。

十月二十五日

上午，柴建方、胡介文二位车送银川，申西岚君往西安而南下安徽老家。我在旅舍读书。

下午三点半离客寓，与何裕、李海观二先生将飞往兰州。杨才全等同志送我们到机场，飞机晚点，五点半方到西峰，然后加油，六点起飞。在飞机上，俯瞰陇东高原，沟壑交错，横无际涯，忽大山起伏，曰六盘山是也。据说，远在成吉思汗率军进攻西夏时，曾避暑兹山，元代安西王还在山上建过"清暑楼"，历史的陈迹也许不复存在了。至于那"六盘山上高峰，红旗漫卷西风"的雄词壮句，二十世纪八十年代的青年人，所知者也恐怕寥寥无几。只是那大自然的神奇景观，千古不变，令我心驰神往。

时值六点半，忽生浮云，飘忽不定，未几，白云铺海，成兜罗绵世界。飞机行云海之上，云如棉絮铺地，纹丝不动，远眺，直达天边，茫茫无际。时近薄暮，西天熔金，夕照大放光明，真神仙境界。云薄处，方可透过云层，下视山峦群峰，林莽丛树，若海底世界，苟菜浮游，海藻聚散。云断处，山谷湖泊，深沉之极，时有朵云行过，若飞帆白鸥。行机一刻，过完云海，日沉西山，下界混沌，由苍茫而昏黑，万物皆不复现。

晚七点许，飞抵兰州机场，正有七点半飞往乌鲁木齐班机，遂购得到敦煌机票。与何裕、李海观先生匆匆握别，他们回兰州市区，我则待机起飞。

谁料，飞机发生故障，小黑板上不时写出通知旅客推迟飞机起飞时间的告示。到九点，方得检票登机，哪知飞机在跑道上兜了几个圈，又停下来。好在十点，总算起飞。夜中飞行，不少旅客已是两眼蒙眬，昏昏欲睡。历一小时四十分，行程一千一百公里，到达敦煌机场。万没料到，在此下机者，仅我一人，时值午夜，又无入市区之车辆，只身到戈壁滩上，心情不独孤寂，真有点不安了。

在候机室，忽闻乡音，喜出望外，上前询问，正是同乡故旧之子，他为本次飞行机组人员，将很快起飞，往乌鲁木齐飞去，经他介绍，认识了该机场政委，是代县阳明堡马站人氏。在政委的热情帮助下，为我打电话在敦煌市联系了宾馆，并派车送我进城，下榻飞天宾馆一〇六号。至此，心绪方为安定，遂洗澡上床，便酣然入梦了。

十月二十六日

上午，出宾馆，徒步过市场，由南而北，至市政府门前而东去，不远，就到敦煌博物馆。

馆为新建，颇具风采。于此巧遇故交荣恩奇同志，我们是一九七三年同在广州秋交会筹备期间相识的，时隔十五年，虽音问久疏，但一见如故，甚是高兴，谁道"西出阳关无故人"（阳关距此七十公里，尚在西南）。老荣现为博物馆馆长，在他陪同下，参观了馆藏文物，其中简牍、经书尤为引人注目，使我驻足良久。老荣还约我到阳关、玉门关走走，然时间有限，就不能到那些"古董滩"上寻觅历史的遗迹了。

出博物馆又逛了几处书画店，购得《敦煌遗书书法集》等书册，返回旅寓。

中餐后，随即租一辆自行车，出南门只十里，就到鸣沙山外，然后骑骆驼游览了鸣沙山和月牙泉。平生第一次骑骆驼，我在驼背上晃荡，拉驼人牵着绳索在沙碛中迈着艰难的大步，驼铃在沙谷中回响，多少有点苍凉和凄楚。鸣沙山逶迤起伏，高处整齐得如刀切割，平处则呈现出水波纹或大网眼，这大概是风的威力吧。单调的沙漠，在阳光下，反射出刺目的光芒，难怪拉驼人带着一副黑眼镜，天湛蓝得出奇，时有白云飞过，沙碛中留下了一缕长影。

月牙泉，形似一弯新月，清彻明净，无些许纤尘，岸边几丛芦苇，在轻风中摇曳着，芦花飘白，片叶翻金，一只野鸭，漫无目的地游来荡去。湖边无游人，我绕湖一周，泉水中映出倒影，沙道上留下脚印，"人去楼空"，影子消失了，脚印也为轻风拂去。这大漠，太沉寂了。水中投下几粒石子，湖面溅起了无数浪花。我来了，鸣沙山全然不觉；我去了，月牙泉复归平静。

乘兴而来，兴尽而归，返回城区，出西门，过党河，登上了沙州故城遗址的城墩，坌高风急，耳际呜呜然，若张义潮率众收复沙州，"展旗帜，动鸣鼍，纵八阵，骋英雄"。放目四顾，平畴绿树，不禁想起了无名氏咏《敦煌》四句："万顷平田四畔沙，汉朝城垒属蕃家。歌谣再复归唐国，道舞春风杨柳花。"

由故城遗址南去不远，有白马塔者，巍然千年，传说为鸠摩罗什传教东土，驮经白马，于此涅槃，遂瘗马建塔，以为纪念。我于塔下徘徊观瞻，还请一位村姑帮助，按动相机快门，留下一张纪念照。

返回宾馆，时近六点，为妻发一信，以告行踪。晚饭后，颇觉疲累，没读了几行书，就睡去了。

十月二十七日

上午八点乘公共汽车往游莫高窟。出敦煌东门，方行二三里，汽车抛锚，适有出租车驰过，遂转乘小车而去，转九十度弯道，三危山迎面扑来，主峰巍屹，群山拥立，无丛草，也无杂树，赤裸裸横绝戈壁之上。

蓦地，大漠崖谷间，楼阁化现，栈道穿云，白杨夹道的阡陌中，一座彩绘堂皇的木牌坊当道而立，"莫高窟"三个鎏金大字破目而来，为郭沫若氏手笔。身临多年向往的胜境，心怦怦然，终于来到了敦煌！到入口处，尚无一人先我而到，管理人员让就地等候，待集中一个小集体再领着参观。我迫不及待，拿出名片，说明来意，热情的主人随即安排丁小姐破例为我一人导游，我那感激之情当然是不言而喻了。

在我的建议下，丁小姐领我首先造访了大名鼎鼎的"藏经洞"，在莫高窟统一编号上，它是第十七窟，与十六窟毗连，是晚唐时期高僧洪辩的影窟，也是存放其塑像的方丈小室。于一九○○年六月二十五日为道士王圆箓在清理十六窟甬道时所发现，大约五万件的珍贵写本、文物从这里流出，近九十年的时间，在世界上掀起了敦煌热，形成了以敦煌艺术、文献、史迹等为研究对象的敦煌学。

丁小姐领着我在南北一千六百多米长的石窟中巡礼，在北凉、北魏、西魏、北周、隋、唐、五代、宋、西夏、元等朝代有代表性的石窟中观摩，她细心地用手电照着佛窟的各部位，讲解着建筑、壁画、塑像；讲解斯坦因、伯希和盗运文物典籍的勾当；讲解当代敦煌学的研究成果；讲解张大千、常书鸿……

我为那精湛的雕塑、瑰丽的壁画而陶醉出神，为那迷离扑朔的佛教故事而激动赞叹。北魏的朴拙，西魏的清奇，盛唐的金碧灿烂、雄宏博大，中原文化、西域艺术，在这里结合得真是天衣无缝，水乳交融。

那第三百三十五窟中的初唐壁画是《维摩诘经变》中的《问疾品》。结构宏伟，须眉生动，画面上的维摩诘，凭几探身，激烈陈词，而文殊菩萨沉静自若，将一个偌大辩论场面，表现得热烈而入微。而晚唐壁画《报恩经变》中的《恶友品》，将"树下弹筝"细节，刻画得精致细腻，善友弹筝，公主倾听，神态毕现，呼之欲出。那举臂提脚反弹琵琶的舞伎，踏着乐曲的旋律，翩翩起舞，跌宕生姿。那扭躯回首，扬手散花的飞天，体态轻盈，飘然凌空。面对这些飞天舞伎，竟觉满壁风动，天衣生香。

第四百二十九窟的《狩猎图》又将我带入动物世界，那白熊、灰狼、野猪、猴子、双马，描绘得各尽其态，那狩猎者，追牛、射虎、猎羊，一时间，惊险万状，紧张激烈。而《九色鹿本生》故事，却以横卷的形式，娓娓道来，给人以启迪和教育。至于那萨埵那太子舍身饲虎的悲壮场面、尸毗王割肉贸鸽的动人故事，都给我留下了深刻的印象。

对千佛洞壁画，使我伫立甚久的还有第六十一窟。走进洞窟，丁小姐指着那高四点六米、长十三米的巨制说："五台山来的客人，对《五台山全图》定是了如指掌，想必用不着我再费口舌了。"我面对这世界上最古最大的立体地图，那从南起太原，东至正定，方圆五百里以内的山川形胜，城垣桥梁，皆历历在目。想当年梁思成先生等不正是因为看了这壁画，随起机缘，然后到五台山"按图索骥"，竟然发现了唐建瑰宝佛光寺。

莫高窟的雕塑，或质朴无华，或秀骨清像，或高华丰腴，可谓各臻其妙。最高大者当是九十六窟的弥勒像，而那第三百二十八窟的初唐彩塑，更见风采，在庄严肃穆的佛国世界，主佛冷峻，迦叶沉静，阿难矜持；那神情专注、体态丰满的女菩萨，嘴上却留着蝌蚪形的绿胡须，酷似山西广胜寺毗卢殿的十二圆觉；而半跪覆盆莲瓣座上的供养人，其造型又与佛光寺所塑相仿佛。

该记的太多了，在我走出洞窟时，行囊中增加了厚厚的一堆资料，又买了几本书——《敦煌学论集》、《敦煌译丛》、《敦煌文学作品选》等什么的，也算不虚此行。

在夕照中，三危山金光耀目，该是化现千佛的时刻了。我没佛缘，无从领略那胜景，却使我想起了第一个到这里开凿石窟的和尚——乐尊，这已是一千六百多年前的往事了。

我漫步在杰阁凌空的九层楼上，流连于涓涓而去的大泉河畔，三危山麓的沙漠中曾留下我长长的脚印，烽燧上、墓塔旁，我与新结识的澳大利亚朋友留下了永恒的纪念照，招待所就午餐时，与一位美国学者的交谈，使我对祖国文化，对莫高窟更加热爱，也因此而产生一种自豪感。祖国的文化遗产不正是一座高大的莫高窟吗，她取之不尽，用之不竭。

十月二十八日

上午八点半离敦煌飞天宾馆，九点乘汽车望嘉峪关而来。一路沙漠，少见人烟，时有烽火台点缀其间，若那烽烟高起，便是一幅《大漠孤烟直》的图画了。这只是脑海中出现的短暂的形象。眼前唯一的便是通向远方的单调的油路和列在路边的了无变化的一排电线杆。走百余里中，或可见三五土屋，其名曰某某井，亦极破败荒凉，间或遇上几只骆驼和羊群，天地间才似乎有了点生机，才为坐在车中的我提了提精神。车过安西县，稍事休息，有旅客前去用饭，我到街头聊作观光。这安西便是古之瓜州，盛产瓜类，然而时已入冬，那甜瓜、白兰瓜自然是杳无踪影，有的则是那久负盛名的安西风，"风威卷地野尘黄"倒是绝妙的写照。

车行七小时，行程三百八十多公里，于下午四时许，方抵嘉峪关。这是一新建城市，颇具规模，行人虽不熙攘，然市容净洁，店铺栉比，且有几处高楼大厦矗立于蓝天黄沙之中，料这西陲重镇，随着丝路旅游事业的发展，必将兴旺发达。

下榻嘉峪关宾馆三一三号房间，洗漱毕，漫步街头，遂进小吃，以为晚餐。过书店，购得《钱君匋篆刻选》与日人中田勇次郎所著《中国书法理论史》各一册，以备展玩。

十月二十九日

上午八点搭汽车行十五华里，抵嘉峪关城，由东门入，观文昌阁、观乐台、关帝庙，进朝宗门，为一瓮城，再入光华门，再左折登城墙，上至光华楼，颇高大，再转城墙一周，于柔远楼远眺。祁连南峙，白雪玉成，陇云高压，秦树低迷；紫塞东去，缭垣逶迤；瀚海西来，苍茫无际。

时值九时，北风卷地，颇感寒冷，遂下柔远楼，复出东门，绕城外而行，由北至西，于关城正门外，得观"天下第一雄关"碑，字颇遒劲苍古，亦西北风味。碑侧地上有一骷髅，颇完整，我审视再三，不知时历若干春秋，一时间，"阻风蔽日天无色，战骨埋沙夜有磷"的诗句涌上心头。

正门外东侧有工棚数间，工人五六位，正吃早饭。我上前打招呼，他们甚热情，经询问，得悉正门城楼是新建，旧楼毁于一九二八年战乱中。去年六月一日开工，今年七月一日完成，历一年零一月，花费五十多万元。亦政通人和，百废俱兴之举也。

别工人，复前行，过长城小豁口，到东闸门，适有车入城，遂返客寓休息，时正十一点。

午餐后，整理行囊，于十二点半离宾馆，搭车行四十里，至酒泉，方下车，遇一解放军小战士，叫李发安，四川宜宾人，甚是热情，见我所提之物甚多，帮我送至招待所。我是感激不尽，便拉他到饭馆吃饭，他脱手而去。这酒泉当是河西四郡的肃州了，当以"葡萄美酒夜光杯"最为称誉，我于饭馆独酌数杯，忽发雅兴，遂成二句："幸得夜光杯在手，时安整日醉葡萄。"

在酒泉，拟留一日，时间颇为紧张，午餐后，先于十字街头鼓楼下巡礼，一座三层木构楼阁，高踞砖台之上，楼下四门楣上各有一题刻，为"南望祁连"、"北通沙漠"、"东迎华岳"、"西达伊吾"，如实道来，亦见西北人士之质朴。

城东关有一名胜，那就是遐迩闻名的"酒泉"了。现辟为公园，颇空阔清幽，杨柳扶疏中，湖心亭飞角翼然，太湖石叠砌有致。那"酒泉"以汉白玉琢栏，其泉方广，水深而明澈见底，中植一雕纹华柱，游人尽以硬币掷入，落于石柱顶端者，即示吉利。入乡随俗，我亦投数枚，一枚正中其上，怡然而去。泉旁竖石碑一通，上镌"西汉酒泉胜迹"六字，提示此处正是传说中西汉名将霍去病以汉武帝赐酒倾倒泉中，与部下士卒同饮的所在了。

出"酒泉公园"，路经博物馆，陈列室近时关闭，未能一睹。时已薄暮，华灯初上，夕照中，南望祁连雪色，更见明洁透亮。步入"祁连餐厅"，半斤水饺下肚，便回招待所阅读那巴金先生的《雪泥集》。

十月三十日

上午八点半离酒泉，乘汽车东去，沿路有树、小草，比西来时平添生意，一路又有祁连山相伴，初日朗照，更见秀色。

行车四小时，于十二点半，抵张掖东门，徒步入城，至鼓楼南，宿甘州宾馆三〇一号。

下午至南街，有"山西会馆"者，现被市文化馆占用，有山门、戏楼、钟鼓楼、牌坊、大殿等，且有碑刻十数通，多为清嘉庆中所立。此会馆为市文物保护单位，一个来自山西的游子，邂逅"山西会馆"，自是喜出望外，分外亲切。

离"山西会馆"不远，有大佛寺，主殿气派，十分宏大，面宽九间，内塑一卧佛，身长三十三米，为国内卧佛之第一，马可·波罗游甘州，曾有记载。在藏经殿有河西走廊第六届美术、书法、摄影展，略作浏览，最后看了文物陈列，便结束了对大佛寺的礼拜。

张掖有"万寿寺"，寺中有古塔一座，也颇玲珑可观。然塔在张掖中学校内，塔周有围墙，塔门上锁，不得登览，遂返客舍。同室住甘肃省委组织部一同志，谈农村经济问题，甚有见地，为之首肯。

十月三十一日

在敦煌时，曾购得一册名为《丝路行》的杂志，内有由张掖到西宁的一条公路线，古之丝路南线也，遂决定由此取道西宁。主意一定，日前便到车站购票，票已售完，只好购得十一月一日票。无奈只得在甘州滞留一日。是日，天甚冷，上午蜷伏于被子中读敦煌变文。午后，天稍转暖，再过书店，不慎，将脚扭伤，拐着行走，颇痛苦。明日早车，为免耽误，便移宿西关车站附近的"群众旅社"，店甚小，且简陋，聊可栖身。晚餐勉进炒面一盘，余则枕被读《艺林剪影》十数篇，文中多介绍书画前辈，有仰慕者，也有相识者。读之如高朋满座，良友晤对，自无寂寞也。

十一月一日

早餐毕，七点半离张掖，时细雨纷纷，为时不久，则小雨转为雪花，车到民乐县，已是漫地皆白，冰雪覆盖了。

于车站购热鸡蛋数个，亦雪中送炭，疗我寒冷。

一路平坦，道路四旁平地耶？沙漠耶？缘大雪严覆，自难辨认，约十一时许，车抵祁连山谷口，这便是扼甘肃张掖到青海西宁的要塞"扁都口"。提到扁都口，有人说这就是隋大业五年炀帝西巡东还时所经过的大斗拔谷。

早年读《通鉴纪事本末·炀帝亡隋》篇曾记："车驾东还，行经大斗拔谷，山路隘险，鱼贯而出，风雪晦冥，文武饥馁沾湿，夜久不逮前营，士卒冻死者大半，马驴什八九，后宫妃、主或狼狈相失，与军士杂宿山间。"今我行其地，又值寒冬，风雪相加，心自悬浮。车行高山峡谷，道路尽为雪掩，行驶虽缓，其滑不减。历时许，方达岭头，四望全是雪山，茫茫大荒，尽作银界。时有一藏民，策马而过，剽悍矫健，真画图中人物。又见八九牦牛缀入山坡雪海，黑白强烈，实为版画家之佳构也。其地标为"俄博"。从岭头而下，是一草甸，秋高草黄，幸免雪盖，周有栅栏或围墙，其大不能尽收眼底，牛羊游食其间，一牧羊女，衣朱红色，煞是醒目，又一"高原放牧图"跃然眼前。下午一时半，汽车抛锚，检修一小时，方得驶动，沿大通河而下，于河中淘金者，上下皆是，似乎要将这河床翻一个个儿。风餐露宿，想其收获必多，否则不会在此甘受其苦。到"青石咀"地方，已是下午四时，司机说，距西宁甚远，就不能在此处打尖吃饭了。

离河谷，车转入山坡，左旋右转，步步升高，仰望山峰，直插云端，峰头黑云幻化，真《西游记》中妖怪出没之地。我与司机同排相坐，他说，行车将要通过那峰头，我则不寒而栗。道路盘旋，风吹积雪，嗯哨而过，天地昏黑，向岭上望去，车拥高处，蜗行龟走，其进惟艰。至一百零七公里刻石处，其地甚陡，且车轮打滑，难以行进，旅客不得不走下车来，齐声吆喝，推车而过。同行者多青年藏民，性少言语，体多悍壮，推车时，更见其气力，如我之身单力薄者，则是绝无仅有。车行一百零九公里处，为顶峰，时值下午六时，天已转黑，山路既滑，又多拐折，路外又是深沟大壑，稍有疏忽，其结果自不敢想象。在恶心、头痛中忍耐过四小时，于晚十时方到西宁，就近投宿汽车站旅社，住五○一房间，放下行囊，稍作洗漱，也不思饮食，吃感冒清二粒，便上床歇着，此行也，苦耶？乐耶？

十一月二日

河湟首邑西宁，在西北边陲自然是一个大都会。它的历史虽久远，然而作为省会，它却是年轻的。民国十八年，青海建省，才有了这块省府驻地。其地处高原，海拔两千两百七十米，气候自然寒冷，与其说西宁是凉城，不如说西宁是冷城，"关陇风回首，河湟雪洒旗"。早餐就食街头，虽炉灶冒烟，而饼面皆凉，要不是昨日没有进食，今晨也会是难以下咽的。

由西门站，乘旅游车出南川，行二十多公里抵湟中县鲁沙尔镇，再步行数里，便到了黄教圣城塔尔寺。道路两旁，商店林立，大多售法器供物，珠光宝气，琳琅满目。

塔尔寺，坐落莲花山坳，其中最为引人注目的则是那金碧辉煌的大金瓦寺了，这是一座汉式传统结构的建筑，又参以藏式佛教建筑的装饰艺术，在三层歇山顶大殿上，复盖以镏金大瓦，并于屋脊和四角饰以宝塔、火焰珠、龙头套兽的铃铎，一派富丽堂皇的气度。大殿四周的地面上铺砌着坚石和硬木，天长日久，跪拜的喇嘛和藏民们竟将这些木石用膝盖和手掌磨出了深深的槽。我徜徉于殿前，观看那些跪拜人群，其专一和虔诚的态度实在无以复加，一种庄严肃穆的气氛弥漫寺院。该殿是为纪念黄教始祖宗喀巴而兴建的。明初，宗喀巴首创格鲁派，影响之大，僧徒之众，当时在喇嘛教中自是首屈一指。在他于西藏甘丹寺圆寂后，便在他的故乡建了一座塔殿，现在这个大金瓦寺，便是在那塔殿的基础上于康熙五十年扩建的。

距大金瓦寺不远，有小金瓦寺，其规模不算大，但小巧别致。进入寺院，喇嘛们列坐殿堂门前两侧，面对来人，吹号诵经，号长丈余，其声单一洪亮，"呜——"地长鸣着，给人以苍凉之感。两廊房，内绘壁画，颇粗犷，是藏式佛教壁画中的精品，廊房的楼上陈列着岩羊哈熊等高原异兽，这是他处寺院从未见过的，该寺后面的广场上，有白色如意宝塔八座，一字儿排列，若尼泊尔风格，情调不凡，游人多于此摄影留念。

　　与大金瓦寺风格迥然不同的是规模更为宏大的藏式平顶建筑大经堂，占地近两千平方米，可同时容纳千余喇嘛在此进行佛事活动。殿堂深广，光线幽暗，一百六十八根大木柱耸立经堂，木柱上方饰以雕刻，下方皆以龙凤彩云藏毡包裹，屋顶高悬幡帏、彩带，四壁环列大型堆绣佛像，地上满布精美小块地毯，数十盏酥油灯闪烁着，烟雾缭绕，让充满毡腥味的经堂内呈现出无限的神秘。僧人在晃动，信徒在跪拜，如我辈之游人，自是屏气观看，而不敢大声说话，深怕惊动神灵或破坏这种严肃的氛围。

　　也颇幸运，是日正是农历九月二十三，一年四次的跳神活动让我遇上了，九间殿前的大院内，云集着汉、藏、蒙、土等各族群众和僧侣以及远道而来的欧美外宾，在芒锣、长号和圆鼓的撞击声中，身着长袍、头带假面具的舞蹈者双双出场，或金刚力士，或牛头马面，或碧眼黄发，或骷髅鬼脸，不一而足，踢腿转身，仰观俯察，顾盼多姿，在缓慢的节奏中，变换着花步，那分列在屋檐下两侧的伴奏者，头着橘黄高帽，身着紫红僧衣，在寒风中偏袒一肩，体肉外露，神情专注，专事吹奏。内中一二青年小僧，左顾右盼，其情狡狯，此乃逃禅者也。

　　酥油花，雅称油塑，是塔尔寺的一绝，几年来已在电视中多次拜观，今得亲睹，顿开眼界。偌大的殿堂内，陈列着形似影壁的几铺人物故事、佛教神话，诸如《文成公主进藏》、《西游记》、《木兰从军》等等。山川建筑，井然有序；花木蔬果，点缀其间；人物须眉毕现，楚楚动人，色泽鲜活。其制作之精巧，信手拈来，皆成妙谛。

在塔尔寺又浏览了讲经院、文物院、大厨房等数处圣迹，于下午一时返回西宁。

自宋元以来，信仰伊斯兰教的客商工匠等从西亚和中亚远来中国，西宁东关的清真大寺便在明初应运而生。该寺在明太祖"敕赐"落成后，便成了西宁回民进行宗教活动和穆斯林群众举行婚丧嫁娶仪式的场所。我访清真大寺，时近傍晚，独步入牌坊，走一段甬道，是一道大门，列九级石阶之上，设拱门五道，一大四小，门楼两翼各建三层宣礼塔一座，颇壮美。入拱门，面前为一广场式的大庭院，空寂无一人，清静之极。院的尽头，便是大寺的主体建筑礼拜堂，它已有近百年的历史，中国式殿堂，饰以阿拉伯和古波斯的图案，融会贯通，别具面目，殿堂之大，可同时供三千人礼拜。殿门紧闭，我从窗孔中向内探视，由于空寂，更觉其阔大。我去过的清真寺不多，然如此之规模的，还是平生第一次所见。

默默地走出大寺，街头行人已是甚少了，西宁是如此的宁谧、静穆，生活在这里的人，该会高寿的。

十一月三日

西宁仅一日，看了两个风格截然不同的寺院，便登上了归程。早七点二十分上火车，方上车，就有一人将他的上衣挂在已有衣服的衣帽钩上，然后似乎将手伸入他自己的衣兜，却将别人衣兜中的钱物掏去。掏完此处，再掏彼处，如是者数次。这事发生在西宁车站开车前几分钟的车厢内，在场发现的人恐也不少，只是歹徒身佩藏刀，我自软弱，见义勇为者也不曾出现。呜呼，宁静西宁也不安宁。

车行四小时十六分，经二百余公里，于中午十二点半抵兰州车站，下榻兰州饭店东楼四二五号。

下午访肖弟先生于甘肃省文联，晤谈半小时。

曾读叶圣陶先生游雁滩公园散文，记忆颇深，因住地距公园不远，便漫步其内，沧海桑田，先生笔下的景物已多物变，自觉无甚兴味，遂回客寓。

十一月四日

上午游五泉山，此地多古木，有柳、榆、椿、柏，五泉者仅见其二，曰"掬月泉"、"惠泉"，亦徒存空名而已，实无泉也。山之最上处为"三教洞"，颇卑小，有"千佛殿"，尚宏大，然正在修缮中，不得参谒。有"金刚殿"在山脚，为省文物保护单位，内有丈六金身铜塑接引佛，铸造精美，在西北文物中亦属罕见。于文昌宫观看了甘肃省画廊陈列之书画，甘肃书画家的风貌于此可见一斑。

下午游白塔公园，山巅白塔凌空，山脚黄河东去，公园山径曲折，殿宇罗布，朱楼丹阁，相映成趣，漫步其间，悠然怡然。小坐山亭，南眺五泉山，逆光中颇有层次，下瞰大河，铁桥飞架，气势顿生，南北两山夹峙中，兰州一城，高楼林立，烟绕云飞，街头巷尾，车水马龙，繁华景象尽现眼底，诚甘肃之首府，丝路之门户也。

十一月五日

上午九点半离兰州，搭车东去呼市。一节卧铺车厢，寥寥数人，因人少，很快就相识了，有西北民族学院教授；有包头某厂家经理，是彝族青年；又有两位呼市推销员，方由伊犁归来，其中一人祖籍是原平，为我同乡，甚是热情，时时关照；还有一位山西文水籍女士，在兰州工作，去包头探亲。同车厢各位，谈锋甚健，也颇投机，山南海北，天上地下，古今中外，无不在谈笑之中，一车的寒气便被荡涤无存。只是说到，此段道上颇不安全，小偷出没，流氓猖獗，又系慢车，走十数分，便停车一次，时入深夜，深恐歹人窜入车厢，需分外留心行囊，故一宿未能高枕无忧。

十一月六日

早晨在朦胧中外望，车入内蒙境多时，四野平旷无垠，正河套地区也。到五原车站，葵花籽堆积如山，想在夏日，黄花遍地，灼灼照人，当另一番景色了。下午二时许，抵包头，在站台小作观光。至此，车转由西向东，在平原上奔驰而去，只阴山一线，横卧其北，南则土默川平原，古之敕勒川者。"天似穹庐，笼盖四野"的《敕勒歌》竟脱口而出。

下午六时半抵呼和浩特，完成三十三个小时、一千一百一十四公里的旅途生活，到民族旅社落脚，然后饱餐几张颇有风味的呼市饼，便回寓卧读有关蒙古的史料。

十一月七日

呼和浩特，蒙语也，即青城之义。有新旧城之分，旧城为归化，新城为绥远，今新旧城早连成一体。六十年代，在"四清运动"中，我结识了刘贯一同志，曾拜读他的诗作《高阳台·凭吊昭君墓》："碑老多残，坟高易冷，阳春空照芳尘，忆昔汉蒙事来，佳话未息风云。丰州久挂凄凉月，王嫱千载怨黄昏……"对"青冢"便心向往之。今到古丰州，自然首先是寻访那昭君墓地了。

由旅社至南茶坊，再乘市郊车南行十八里，便见一土丘，拔地而起，高约三十米，那便是青冢了。环视园中，有董必武诗碑，有"昭君出塞"的雕像，苍松翠柏中，风姿绰约。有文物陈列室和休息室，瓦舍森然。我循磴道，沿土丘而上，直达丘顶小亭，于此伫立良久，北望黑河如带，南眺平川苍野，忆昔明驼千里，喜今蒙汉情殷。耶律楚材之名句"玉骨已消青冢底，香魂犹绕黑河滨"，顿浮脑际。

得见青冢芳颜，心愿似乎了却，便循原路回到南茶房，改乘六路汽车到小什字，观礼那大召和席力图召。

大召，始建于明万历年间，与归化建城同时开工，是呼市最早的召庙了。寺内现供奉的银制释迦牟尼像，还是四百年前的遗物，弥足珍贵。在钟磬声中，有三五参拜者，烧香叩头，与西宁塔尔寺香火之旺相比，是不可同日而语了，至于清静修行，倒是好地方。

席力图召在旧城石头巷，寺不大，俗称小召，也颇僻静，然它却是达赖三世圆寂后，在蒙找到的转世人呼比勒罕，即后来的达赖四世云丹嘉错学习过的地方。云丹嘉错年幼时，随席力图召首座希体图葛布鸿学蒙、汉、藏文并黄教经典。随着达赖四世的成长，这召庙自然也享誉漠南。

在席力图召巡礼，寺中那通在康熙三十三年大喇嘛率众平定准格尔部勾结沙俄东侵的记功碑，引我再三诵读，这应是小召的一段光辉历史了。院内还有一座汉白玉砌成的覆钵式白塔，其设计也见匠心，精工修美，在这华美的黄教寺中，却显出冰清玉洁，有几分羽化登仙之感。

出小召，又漫步于小召下院五塔寺。这里寺院早已不复存在，只一座精巧秀美的金刚宝座舍利塔，亭亭而立，游人于此徘徊驻足，无不为那挺拔的倩姿和意匠的经营而啧啧赞叹。一部《金刚经》用蒙、藏、梵三种文字镌刻于宝座，一千多龛鎏金佛像罗列四围。那莲瓣须弥座上的五塔，一高四低，饰以图案，刻工细密，变化无穷，摩挲再三，不忍离去。可喜塔北那铺影壁，则更教人宝爱，一幅天文图跃然眼前，只是那天文学名称都以蒙文标写，我不懂蒙文，面对此图真是如读天书，两眼茫然，不知所云了。据说这是国内发现的唯一以少数民族文字标写的天文图，其珍贵不言而喻了。

在呼市，用半天的时间，匆匆对几处胜迹进行寻访，中午一点方返回客寓。

下午四点半，乘火车返晋，晚七点经道卓资山，这里素以熏鸡著称，堪与德州扒鸡、道口烧鸡相媲美，遂购二只，以为品尝。九点多过集宁，午夜到大同，车入山西，便酣然入睡了。

十一月八日

早八点返回忻州，此行历时二十二日，经道陕西、甘肃、青海、内蒙四省区，领略其风土人情，饱游其名胜古迹，经历长途的劳顿，带回一身的困倦，余则便是以上这些拉杂的文字了。

峨眉踪迹

四川好，最忆是峨眉。四川归来整整三年了，然而峨眉山的山光云影，流泉飞瀑，名刹古寺，老树奇花，这画卷还不时在眼前幻化；蛙鼓猿啼，钟撞磬击，万籁呼应，空山回响，那清音还不时在耳际缭绕。啊，峨眉，秀绝天下的峨眉山。

初访万年寺

由成都乘火车到峨眉车站，然后改乘小轿车，峰回路转，没多久，我们便来到了净水的桂花场，前面全是山间小路，大家只好以步当车。天不知什么时候下起小雨来，泥泞小道十分滑，我在路边买了一根大节的竹拐杖，拄着它，似乎很安全。身着透明的塑料小雨衣，也是临时买来的，才五角钱。雨衣上挂满了珠露，随着行人的脚步，不时地滚动着，宁静的山道上，还能听到露珠的滴答声。四围的山色，笼罩着一层轻纱，大自然呈现出一种似有若无的朦胧美，使我真正领略到"山色有无中"的意境。

走完八华里的小道，来到峨眉主峰以东的观心坡下，这里便是万年寺的所在了。最引人注目的是一座明代修建的穹隆顶方形无梁殿，内有普贤菩萨骑白象的雕塑一尊，是铜铸，据说重有六十二吨，那白象看上去比真象还要大，是北宋年间的遗物。我不禁惊诧古代艺术家那精湛的铸造技艺和宏大的建造气魄了。

砖殿后，有水池、石桥，池后有"巍峨宝殿"，是新中国成立后重建的。我们下榻楼上，推窗四顾，静极清幽，小雨初停，行云飞渡，林木含烟，薄暮苍茫。我正泡茶养神，忽然华灯乍亮，一座本来肃穆的佛国圣地，顿放光明，我恍惚步入了佛家的琉璃世界。空气是透明的，树木也是透明的，在树木掩映下，殿阁更焕发出无穷的神奇来，树荫如筛，光怪陆离。老僧出入，经声四起，钟磬声幽，此起彼伏。其声经久而息，古寺又归于沉寂。

我正解衣欲睡，楼下又传来如吟如唱、如琴如瑟的声息，这便是我仰慕已久的万年寺弹琴蛙的绝技。据传说，在唐代这万年寺有位广浚和尚，经禅之暇，颇好琴艺，每夜深人静，焚香操琴，谁知群蛙窃听，天长日久，这琴技便为青蛙所熟知了。广浚早已离开了人世，而琴音不绝，传衍至今，这该是弹琴蛙的功德吧！听了这故事，李白的诗句油然涌到我的心头："蜀僧抱绿绮，西下峨眉峰。为我一挥手，如听万壑松。客心洗流水，余响入霜钟。不觉碧山暮，秋云暗几重？"至于这位蜀僧浚是否是广浚和尚，我就不去管他了。

风雨洗象池

离万年寺，经息心所，过初殿，至华严顶，时值大雨滂沱，天地混蒙，江山一片，我们正好在寺内避过。大雨顷刻而过，山峦又现出水墨淋漓的倩影来，虚实相生，绰约多姿。过华严顶不久，前面出现了一条使人望而生畏的"钻天坡"，听这名字，就令人胆怯，放眼望去，石磴崚嶒，直挂云际，跋涉其间，步履艰难，尽管山高天冷，行人尚是热汗蒸腾。我们委实有点走不动了，恰好道旁有块四五米见方的小平地，上建小茅亭，背倚大山，林木翳然，亭下环列石条，有一壮实汉子在此小卖食物。同行几人，不约而同坐下来，不问价钱多少，便大口大口地吃起煮鸡蛋，还打开一瓶老白酒，轮流把呷，那酒的香甜醇厚，似乎在盛大的宴会上也没有领略过。小憩一刻，精神又高涨起来，好像没多久，便钻出了钻天坡的顶峰，来到了海拔两千一百米高的洗象池。

这洗象池，冷杉拱卫，琳宫雄峙，殿前有一六角形小池。传说，普贤菩萨常驾云来此沐象，所以此地名为洗象池。徜徉于杉林之中，漫步于洗象池畔，时有阴风搜林，山灵长啸，烟云翻卷，殿阁浮空，衣袂飘举，翩翩若羽化而登仙。其时，日色冥冥，大雨袭来，我便匆匆走回室中，拥被而坐，听檐头滴水，林中号风。奈何被褥潮湿，不胜寒冷，我又觉察到这神仙境界中也会有一种使人难耐的苦涩滋味儿。至若晴空万里，皓月当头，光华皎洁，影筛满地，四山如洗，空明澄彻，老僧晚课，黄卷青灯，离尘脱垢，四大皆空，那自然是另一种况味吧！无怪乎人们称赞这"象池夜月"是峨眉山的一大胜景呢！

横绝峨眉巅

登上洗象池，同行者都有些精疲力尽了，决定由此下山。我呢，总觉得我们由山右来此川西，不远万里上峨眉，未能登峰造极，于心不甘。大家便一横心，在晨风薄雾中，又开始攀登了，脚力不济时，停下来喘喘气。走完罗汉坡，来到冷杉林，轻霭薄雾，划出深浅得宜的层次来，瞧那奇树钻天，横枝下垂，古苔挂胃，鬖髿及地，不正是南宋诗人范成大游峨眉山所见景色吗！

出杉林，爬陡坡，到白云寺，其地又升高数百米。其时，云漏日光，射下束束光箭来，照到尚未消融的白雪上，银光绚烂，耀人眼目。适有几位国外旅游者，对此情景，高兴得雀跃欢呼，其中一位竟将自己的衣服脱去，站在光束中，用那峨眉的太古积雪，搓擦他那壮实的身躯；我则蘸着路旁的雪水，在宣纸上勾画出两幅写生画，至今还当作珍贵的纪念品。

前面来到雷洞坪，其地险绝，悬崖百丈，云生岩谷，岩际有亭，凌空若飞，游人立亭中，有僧人介绍说，坪下有洞，为龙蛇所栖，若闻声音，则雷电上击，所以此地曾立一块语禁碑。我于亭中，休息良久，扶栏俯视，深不见底，真的还有点头晕眼花呢。

雷洞坪后，还有一段更加艰难的磴道，叫做连望坡，又名阎王坡，是又陡又滑的冰梯雪道，左侧峭壁摩天，右侧下临无地，人行其上，无不提心吊胆，好在此处有铁马可租。铁马者，乃铁制拖鞋，套于行人鞋上，鞋底有钉状小牙，人行雪道，钉入雪中，一步一个脚印，稳健踏实。据说在此险路，还不曾发生过意外。过此，便到接引殿，再穿七里坡，入太子坪，那卧云庵和金顶就在望了。

飞步凌绝顶，置身霄汉间。伫立在三千多米的金顶之上，天风茫荡，云海平铺，放目数千里，尽成兜罗绵，西望大雪山、贡嘎山于云海，若瓦屋，若几案；俯察舍身岩，危崖壁立，不知几千寻。只有那岩下白云，鬼使神差，呼啸而上，倏忽而下，观其变化，醒醉魂，壮神思，惊心动魄。

落日熔金，云海瞬息间变成了燎原的大火，光焰无际，瑰丽动人，我心中的热血也沸腾了。此时此刻的感觉，不正是国画大师刘海粟先生的一副联语么："海到尽头天是岸，山登绝顶我为峰。"

遇猴九老洞

卧云庵一宿醒来，已早晨八点钟，推窗而看，云卧庵门，如护如封，闻风起舞，朵朵如絮，拥窗而进，寒气逼人。这呼吸通帝座的所在，我们不能久留，便打点行装，腾云驾雾，凌虚而下，究竟下山还是容易的，没觉费多大力气，就返至洗象池，并改辙易路，取道仙峰寺。行进间，华严峰右，云收雾敛，现出一座化城来，古木扶疏，小殿玲珑，背负高岩，面临深涧，溪水叮咚，山花飘香，野趣清韵，应接不暇，走近一看，知是"遇仙寺"。我们于此小坐片刻，听听游子遇仙得道的故事，便又匆匆赶路了。

到仙峰寺，已降到一千七百米的高度，山寺深邃，巨石横陈，那珍贵的珙桐树，开着洁白的鸽子花，团团簇簇，煞是喜人。大家到殿右几百米外的"九老洞"观光，据说这里是九老仙人居住过的地方，当年黄帝还来此问道。现在洞内石桌罗列，洞外飞瀑高悬，我们无缘遇到仙人，我便脱口而说："九老不知何处去，空留玉液挂云端。"

由九老洞下山的时候，我们意外地被猴子包围了。到峨眉，遇猴子是一大眼福，上山时我们还为猴娃准备了猴食，但无缘相见，心中还一直怏怏不快呢，现在突然遭遇，刚听吱吱几声猴叫，我们又喜又惊，几个人很快聚拢到一起，眼前、身后、草中、树上，到处是猴子。我们散发着食物，稍一迟顿，便有猴子跳起，将食物抢去，动作敏捷，防不胜防。大家戏逗着，早有人打开了相机，把这精采的场面，收入了镜头。手中的食物已经散完，大家也觉尽兴，该走了。然而挡道的老青猴，无论我们怎样拍手示意，它就是不肯离去，龇牙咧嘴，表情实在怕人。后来它主动出击了，抢去我们一只小提包，将内中的照相机等什物翻了一地，因为没有找到食物，又展出一副欲搏之势。等到后边来了一大伙游人，那猴头才姗姗而去。

盘桓诸胜境

洪椿坪，因有洪椿木而得名。寺建天池峰下，梵宇超然，庭院清幽，有山茶一株，树高过墙，花朵灿灿，若红烛烈焰。有兰花数丛，均不用盆栽，以绳索系土块，悬挂檐前，花繁叶茂，带露迎风，清香馥郁，直扑游人。寺外，周遭千年古木，滴翠排青。此处，只因常年烟浮云过，薄雾霏霏，形成了人们乐道的"山行本无雨，空翠湿人衣"的灵峰妙境。

沿黑龙江一路前行，眼前展现出一幅无边的青绿山水长卷来，茂林修竹，石楠银杏，蔓草攀缘，繁花点缀，大自然这双无形的手，巧妙地纺织成各种图案的锦缎，将高山大壑，层峦叠嶂，覆盖得严严实实，偶有山禽野雉，飞鸣而过，在绿色的帷幕上留下闪光的色彩和清悦的音符，这正是："山色千重眉鬓绿，鸟声一路管弦同，真到画图中。"（赵朴初词句）

来到黑龙江栈道，百步九曲，穿峡渡涧，上仰青天一线，下俯白浪千重，影暗栈道，声震崖谷，人行其中，直恐两山合拢，古道坠落，小心翼翼，急穿而过。

抵达清音阁，惴惴之心，为之舒展，这是一处山水兼园林的胜区。牛心岭下，高阁翼然，碧树红檐，交相辉映，其岭左右，黑白二水，奔涌而来，各出虹桥，飞泻而下，喷雪溅玉，直漱牛心石。临流而画，物我两忘，画盘落激流中，而不知捞取，怡然怡然，神遇迹化。

　　峨眉行踪的最后一站，则是入山门户报国寺。这里殿堂巍峨，僧侣云集，香火旺盛，游人如织。它给我留下印象最深的是一座明铸紫铜华严塔，身高二十余丈，分十四层，上铸小佛四千七百多尊，还有全文《华严经》。铸造精细，造型优美，此铜塔直可与五台山的华严字塔相媲美了，南北呼应，各尽其妙啊！

嵩山纪行

由郑州坐长途汽车，向西南行约一百五十公里，就到中岳庙车站。一出车门，但见重峦叠嶂，倚天而立，逶迤西去，横无际涯。山麓紫烟升腾，岩岫白云出没。耸塔山寺，高出云表，飞流小溪，倒挂岩壁。啊！久已向往的中岳嵩山到了，不禁使我神飞意逸，途劳顿消。

嵩山，古有"嵩高"、"崇山"等名称，至周平王东迁洛阳后始定嵩山为中岳，经武后则天的加封，其名声更著。山由太室、少室二山组成，七十二峰，千姿百态，长达一百二十多里，主峰"峻极峰"，海拔一千五百八十四米，仰之弥高，望之深秀。

太室山脚，黄盖峰下，有一所气派宏大、景色壮观的游览区，就是中岳庙。庙内古柏参天，殿阁四起，中轴线上，十三进院落，依山就势，井然而筑。青石道旁，唐立碑碣，突兀苍穹；宋铸铁人，挺胸腆肚，还有那御书石刻，龙飞蛇舞；梅山叠石，象蹲虎踞，漫步其间，应接不暇。随着熙攘不绝的游人，步入中岳大殿，见布冠束发的二道人，正洒扫殿堂，清理香案。同行者老祝，却为那奇柏古桧所吸引，打开画夹，尽情挥毫，似乎要把那一本万殊的柏树尽收绢素。老亢则登上了"天中阁"，扶栏四眺，触景生情，并吟哦起前人的诗作来："建阁高无地，乾坤入卷帘。窗含秋日暮，槛湿细云恋……"我呢，徘徊于墨海碑林之中，摩挲那嵩山著名道士寇谦之于北魏文成帝太安二年所书的《中岳嵩高灵庙之碑》，千五百年，风剥雨蚀，再加上人为破坏，字迹漫漶，不复成诵，但就仅存的数百字来看，仍然银钩铁画，神完气足，确是魏碑中的佳作，使人恋恋不忍离去。

出中岳庙门，有石雕翁仲二躯，形象生动，刀法流畅，为东汉安帝年间遗物，是研究当时雕塑艺术和历史服饰的珍贵资料。再南去半华里，有太室阙，与翁仲为同时期作品。阙基、阙身、阙顶，均以雕凿好的青石仿照木结构垒砌而成，阙身上有平雕的车骑游乐、奇禽怪兽和铭文题记，图案古朴，书法圆浑，相得益彰，韵味无穷。

时已下午六点，游兴尚浓，大家登上了中岳庙后的黄盖峰。山不高，有亭雄踞峰巅，亭侧有一古柏，似苍龙倒卧，侧身探谷，晚风中虬枝摆动，大有跃然飞去之势。在斜晖落照中，走下山来，回首太室，恰是一幅欧阳修《登太室中峰》的诗意画："望望不可到，行行何曲盘。一径林梢出，千崖云下看。烟岚半明灭，落照在峰端。"

返回中岳庙，借宿东厢，游人尽去，万籁沉寂，我们坐在中岳殿前的石阶上，谈古论今，毫无倦意，忽有山鹊结队飞来，穿梭柏间，着落草地，真可谓"游人归而禽鸟乐也"。

翌日清晨，谒别中岳庙，西行不远，就到登封县城。早点后，便去那名盛一时的嵩阳书院巡礼。出县城，沿着一条柏油公路，北行五里，踏石过溪，爬上一道小坡，就到了书院的大门前。门外西南草坪上，有一丰碑，巍然屹立，高约九米，气度不凡，碑座力士英武，碑额双龙浮动，精灵活现，神采逼人。这正是久享盛名的《大唐嵩阳观纪圣德感应之颂碑》，李林甫撰文，徐浩所书。观其书法，八分古隶，严整宽疏，难怪历来书家对徐浩的书法推崇不已，认为他的作品是"锋藏画心，力出字外"。

进入书院，两棵龙钟古柏，破目而来，传为西汉武帝刘彻所封的"将军柏"，但见翠盖摩天，盘根拔地，铁干如铸，虬枝横空。其中一棵，八个人才可合抱。老诗人赵朴初有诗赞道："嵩阳有周柏，阅世三千岁。当能为证明，今古天渊异。"

在宋代，这书院与睢阳书院、岳麓书院、白鹿洞书院，并称为我国的四大书院，以研究理学著称于世。宋代名儒程颢、程颐相继讲学于此。关于它的历史，北魏叫嵩阳寺，是佛家的圣地；隋朝为嵩阳观，是道家的名区；到宋代却成了儒家的讲坛，现在是登封县的师范学校。绿荫深处，瓦屋鳞次栉比，宽敞明亮的教室内，同学们聚精会神地学习着，古书院为四化建设培育着新人才。

离开"螭纹剥落唐碑古，虬树阴森汉柏雄"的嵩阳书院，西北行约八里，就到了全国重点文物保护单位之一的嵩岳寺。寺不大，背屏太室群峰，门绕山谷清流，依山临崖，桃李成蹊，置身其间，恍入桃源仙境。进山门，忽见大塔凌空而起，巍巍然，雄视中州，这就是我国古建瑰宝嵩岳寺塔。它建于北魏正光元年（520），高四十余米，分十五层，为密檐式砖塔，塔基坚实，塔刹壮美。塔身高崇而挺拔，塔檐密集而柔和，皆以青砖叠涩而成。徜徉塔下，不禁为我国古代能工巧匠们的精绝建筑技艺感到莫大的欣慰和无限的自豪。

从嵩岳寺向东而去，翻过一道山梁，就到了嵩山的"第一胜地"法王寺。寺建于东汉明帝永平十四年（71），迄今近两千年时间，寺院几经兴废，佛法兴衰轮回。今天所见的便是"古寺残僧少，荒烟断碣多"的景况，但青山依旧，游人如织。我憩于银杏树下月台之上，东望那玉柱峰侧，两座山峦，造化神秀，相对而立，其状若门。这风景很快把我引到了古昔"嵩门待月"的遐想之中，时值中秋之夜，远近游人，提灯结彩，携酒拄杖，云集法王寺，忽见双峰之间，明月升起，玉镜如洗，清辉满地，游人欢呼雀跃，或饮酒赋诗，或吹箫助兴，不知时过几何……晚风把我从沉思中吹醒，眼前到法王寺踏春游览的全是工人、社员、学生、干部。过去的行乐者却只是豪门大户、韵士幽人，那古昔的明月与食不饱腹的劳苦大众怕是无缘分的。

由法王寺返回登封城，已是灯火交辉，夜市如昼，那灿烂的路灯似乎让高空的明月黯然失色了。

灵岩探幽

　　看过中国电视片《武松》、日本电视片《西游记》和香港电视片《八仙过海》的人，无不为那奇山胜境所吸引，据说其中很大部分外景，拍自山东长清灵岩寺。

　　十几年中，我数过齐鲁，逛泉城，游青岛，走烟台，下兖州，访聊斋于淄川，谒孔庙于曲阜，赏崂山之水月，揽岱宗之云松，蓬莱阁上放歌，云峰山下访碑，选胜作画，采风入诗，虽说筋骨劳顿，而乐尽在其中。可是那遐迩闻名的灵岩寺，却还不曾问津，若有所失，引以为憾。说来也巧，中国剪纸研究会首届年会在济南召开，会议之暇，安排灵岩半日游，这才算得见庐山真面目，了却多年的愿望。

　　由泉城出发，乘汽车西南行一小时，至金舆谷西口，见一石牌坊正当谷口，上书"灵岩胜境"，雄浑遒健。穿坊入山，倍觉幽深，至"对松桥"，其境清绝，这桥以石而建，单孔曲拱，桥孔石壁之上，各生古柏数株，老干披离，枝柯互搭，左勾右连，洞府天成。人过"柏洞"，肌肤鉴绿，寒意顿生，时有微风徐来，柏枝瑟瑟，清香阵阵，撩衣诣面，恍若仙境。由拱桥至山门，皆古柏夹道，数以千计，粗可合抱，龄高千年，翳天蔽日，略无阙处，正所谓"十里灵岩翠如荫"。

路旁柏外有"黄茅岗"者，茅草偃蹇，奇石低昂，若群羊牧食其间。相传苏轼来游灵岩，畅饮酒醋，高卧岗头，醉眼蒙眬，诗兴勃发，脱口而歌："醉中走上黄茅岗，满岗乱石如群羊，岗头醉倒石作床，仰观白云天茫茫，歌声落谷秋泚长，路人举首东南望，拍手大笑使群狂。"我来灵岩，身临其境，诵读是歌，坡老醉态，尽现眼前，好一幅《东坡醉卧黄茅岗》的妙笔丹青。

来到山门外，有一巨碑壁立，上书"大灵岩寺"四字，笔力遒健，神完气足，颇耐人寻味。碑建于元至正三年（1343），为西夏人文书纳所书。立于石碑之前，放目环顾，其寺殿阁嵯峨，群峰拱立，古木掩映，碑塔争辉，游人络绎，不闻喧嚣，禽鸟和鸣而更觉幽静。

东望方山之畔，有奇石，酷似老僧杖锡而行，前有沙弥引导，后有僧徒相随，那便是"朗公石"。据说，苻秦永兴中，竺僧朗卜居于此，始建精舍，石畔说法，听者千余人，共见石惟点头，惊以告公。公曰："山灵也，不足怪。"从此方山更名灵岩，朗公当为灵岩寺开山鼻祖。

入山门，西路行，大雄宝殿侧，有一"珠树莲台"，上植古柏一株，谓之"摩顶松"，有唐僧三藏摩松的传说。不知何年何月，有人又在柏树中植柿子树一株，现在已是枝繁叶茂，与老柏相偎依，亲密无间，无意中却助了当今导游小姐解说的噱头："祝大家健康长寿，百（柏）事（柿）如意！"同游者无不哄然而笑，鼓掌致谢！这欢笑和掌声短暂地打破了古寺的沉寂。

绕过古柏，进一道小门，拾阶而上，有大殿七间，雕梁画栋，颇为壮观，它是灵岩寺的主体建筑——千佛殿。大殿初建于唐贞观中，宋代重修，明朝重建，殿内诸佛、罗汉，似从四处汇集而来，大有群英赴会之感。本尊毗卢佛，是宋代藤胎髹漆像，左为明成化时铜铸药师佛，右为嘉靖间所铸释迦佛，四壁的千佛像，均是明清两代的遗物。在这庄严肃穆的佛国里，最为引人注目的，却是那如同真人大小的四十尊宋塑罗汉像。我于大殿徘徊良久，这些塑像比例适度，衣着明洁，神采各异，呼之欲出。有的高谈阔论，有的闭目悟道，或默诵典籍，或沉思往生。入定者，四大皆空；饮泣者，热泪欲注；惊恐者，鼻翼开张；愤怒者，青筋暴起；雄辩者，语惊四座……面对这些精湛的雕塑艺术品，哪能不拍案叫绝，难怪刘海粟大师观后题词道："灵岩名塑，天下第一，有血有肉，活灵活现。"早在此六十年前，独具慧眼的梁启超先生便写下了"海内第一名塑"的评语，至今石碑直立殿前，供人观赏，任人品评。

千佛殿西北隅，有"玉柱擎空碧海青"的辟支塔。辟支者，乃梵文"辟勒支底迦佛"的省称。那么辟支塔，当是佛塔了。是塔建于宋淳化至嘉祐年间，六十三年始完工，高十六七丈，八角九层，砖砌而成，刷以白垩，饰以土朱，映衬于灵岩翠柏之中，挺拔隽秀，高标苍穹，时有山风迢递，铁马儿叮咚，幽谷传响，声落半空。

别大塔，就近来到灵岩寺历代高僧的墓地。这是一处石雕艺术馆，其地碑塔比列，柏桧筛影，游人在一百六七十座墓塔、八十余通石碑中，或赏艺术，或读碑文，时隐时现，时东时西，有如捉迷藏似的。这些碑塔，其状不一，各呈风姿，或质朴，或典雅，或华美。瞧这塔，塔座精工，浅雕以吉祥圣洁的莲花，深刻着矫健护法的狮子，刀工老辣而生动，形象传神而概括，无一不显出历代民间匠人的高超技艺。塔身较高大，上镌高僧法名年号。塔身之上便是那如同小儿积木的塔刹，由相轮、覆盆、仰月、宝珠等构件组成，收分得体，造型优美，统一中求变化，变化中见和谐。墓塔中，以唐天宝中所建慧崇塔最为古老和高大，一千二百年来，历尽劫难，风雨不动安如山。

读那碑，古往今来，灵岩寺兴衰之迹依稀可见，就中《息庵禅师道行碑记》尤为游人所注意。它是息庵生前好友日本僧人邵元在元至正元年所撰写，碑中铭记了两位僧人的友情，郭沫若同志曾作诗赞颂这事迹。息庵禅师，先后在少林寺和灵岩寺任住持，几年前我游嵩山，曾读此碑，今到灵岩，有如老友重逢，倍感亲切。

于塔林读碑数通，似觉头晕眼花，遂坐"御书阁"下休息片刻，看那清奇古怪的青檀老树，根若卷云，蟠结古壁，枝似游龙，凌空飞舞，虽历千年，尚能枝繁叶茂，生机勃发，想是生逢盛世，也愿为这灵岩古刹增光添彩。

历览古殿，摩挲群碑，仰佛塔而弥高，饮甘泉而神怡。来此名山胜地，自当到"印泉"茶社一饮而后快。这茶社，地处"五步三泉"之前，三泉者，卓锡、双鹤、白鹤也。泉清水冽，涓涓而流，淙淙有声。坐于石畔，泡茶一杯，热气轻浮，清香扑鼻，小呷数口，兴味无穷。更喜茶社青年见告《封氏见闻录》"茶条"记载："开元中，泰山灵岩寺有降魔禅师，大兴禅教，学禅务于不寝，又不餐食，皆许其饮茶。人自怀挟，到外煮饮，从此转相仿效，遂成风俗。"我于茶道，素无研究，听此介绍，耳目一新，也为茶社青年学识的广博而起敬。难怪他们的生意如此兴隆。

茶社小憩，精力复原，便取道东路，望方山而登。经"袈裟泉"，过"灵带桥"，访乾隆行宫故址，觅"甘露泉"，地势渐次转高，皆为盘山小道。至"可公床"，俯察岩寺，尽收眼底，烟笼青纱，声传钟磬，悠扬缭绕，不可名状。遥瞻群峰，岗峦献秀，岩花争辉，鸣泉溅玉，啼鸟留人。至"白云洞"，读乾隆御书八篇，惜乎未见白云出入，怕是贮之弥深，或者入不复出，其洞深邃黝黑，当为龙蛇窟宅，我自胆小，不敢深入。

白云洞西有"证明殿"，俗称"红门"，为唐代依山凿壁之佛窟，内雕释迦坐像，高约五米，胁侍菩萨躬立左右，皆体态丰满，神情自若，千百年来，看星移斗转，人间沧桑，世态炎凉。

灵岩探幽，饱我眼福，偿我夙愿，无奈半日之中，行色匆匆，尚有探而未得者，"晒经台"、"一线天"不能遍览，那王安石曾有诗称赞的灵岩奇鸟"王干哥"也无缘一见，那李邕的"灵岩寺颂碑"也寻而未得。然而，我并不遗憾。我常想，游山与行文一样，当行则行，当止则止，青山无尽，来日方长，留有余地，思之有情，会之有期。

访聊斋

在齐鲁大地上漫游，最使我神往的则是那"写鬼写狐高人一等，刺贪刺虐入木三分"的《聊斋志异》作者蒲松龄先生的故乡了。

从济南到青岛的快车上，我在淄博市的张店下了车。从张店乘汽车东南行约五十华里，便到了蒲松龄的故乡——淄川蒲家庄。车停在村西"平康"门外的广场上。广场的北端有商店数间，专门销售参观"聊斋"的纪念品。进"平康"门，是一条虽不宽绰却很整洁的街道，蒲翁的后裔们（这里住着他的第十代至十四代孙）正在收秋，将一车车丰硕的谷物拉进了四合院落。街上有几个推着小车卖菜的、卖猪肉的、卖羊肉的，各自敲打着不同节奏的梆子，本地人听到声音，便走出门舍，选购着他们所需的什物。街头有几棵老槐，少说也有二三百年的高龄了，虽说老态龙钟，却还生机旺盛，枝叶婆娑，在屋顶上、墙壁上和道路上撒下了斑斑驳驳的花荫，为一条古老的深巷平添了几分姿色，幽雅而恬静，让远来的游子也忘却疲累。这街道的情调是格外宜人的。在深巷中前进，到"蒲家庄十七号"、"蒲家庄十八号"的地方（这是新编的门牌号数），同行者不约而同地站住了，这是一座南向的黑漆大门，高大而肃穆，额上挂着一块大匾，是郭沫若的手迹："蒲松龄故居"。

向往已久的地方就在眼前，心情委实有些激动，心怦怦然。那大门半掩着，我本想尽快步入"聊斋"，谒拜那位仰慕已久的蒲松龄老先生，然而时值中午，又怕打扰蒲翁的午休，正在迟疑中，从大门里走出一位中年人来，"同志，你要参观吗？"这一问将我从沉思中惊醒，我频频点头，便在该同志的引导下，走进了"聊斋"的庭院。

蒲松龄出生在一个没落的地主家庭，父亲虽然以做生意为业，但祖上却是一个书香门第，他的儿孙们又有所"发迹"，所以遗留下这一所庭院还是可观的。三百年间，这"聊斋"当有兴废，然而既然以"故居"保护着，我想大致如故罢。

它是一所三进的院落，大门在东南角。进大门后的第一院落较宽敞，自南而北有一条偏东的铺道，以各色卵石铺成古朴的图案，小道两侧，兰蕙丛生，又有太湖石两尊，亦颇玲珑，置于高台之上，百花掩映，幽香袭人。一、二院落之间，立短墙一道，顺碎石铺道开一六角形的双层门洞，门外植藤萝若干，飞蛇走虺，蟠屈洞门两侧，短墙上下枝繁叶茂，将那黑瓦白墙遮盖得略无阙处，看上去，俨然是一堵绿色的影壁。

穿过洞门，到第二院落，院不大，有正室三间，坐北向南，甚高大，这便是"聊斋"了。其室，中间开门，两次间各置直棂窗一组，门窗皆以黑漆涂刷，庄重古朴，室内光线不足，后墙正中高悬汉隶"聊斋"二字小额，下挂蒲翁画像一轴，是老人七十四岁时的写照。画像前，置一条几，上面搁置几个佳石盆景，颇精巧，这也许是蒲翁的遗物吧，西边一间，山墙下放一张木床，蒲翁著书立说困倦时，于此小憩。东边一间窗户下置一八仙桌，上列笔砚。据说，蒲翁曾在这里对他的《聊斋志异》作了多次修改和润色。

"聊斋"门外，左右各植一株古榴树。树大根深，其枝叶高过屋檐。序属三秋，果实累累，有破肚石榴数颗，珠玑满腹，红艳欲滴，此树当为蒲翁手植也。

走到最后一进院落，有清水一池，池中置"鸳鸯石"一尊，石下睡莲初放，荷叶飘浮。偶有风至，水生涟漪，荷送芬芳。池子后面是一排光亮明洁的书画陈列室，四壁挂满了当今名流、学者题赠"聊斋"的诗词大作和书画佳什。其中，已故戏剧家田汉的七律，深沉老辣，颇耐人寻味；丰子恺先生为蒲松龄所画像，极为简练，寥寥数笔，神采奕然。此画，曾作为《聊斋志异》外译本的封面，传诸世界各地，为《聊斋志异》增彩，与《聊斋志异》共存。

与故居毗连的西边的院落，是新建的"蒲松龄故居陈列馆"，几个窗明几净的大厅，陈列着蒲翁的塑像、画传，更多的则是从清乾隆年间迄今刊印的《聊斋志异》的各种版本，以及《画皮》、《胭脂》等戏剧、电影的剧照和有关《聊斋志异》学术讨论会的资料。置身于"聊斋"的书海之中，我不禁为这位比契诃夫和莫泊桑早一百多年的中国著名作家而感到无比的愉悦，眼前顿时幻化出蒲翁一生的清苦生活。这位生活于明崇祯十三年至清康熙五十四年的私塾先生，虽曾在孙知县处做过短暂的幕僚，而三十年的春秋却是在离蒲家庄不远的一个叫做毕家庄的村上以教书为业的。主人姓毕，是当地的一个巨富，其家环境清幽，藏书又多，蒲翁在课徒之余，读书著述，条件倒是颇为合宜的。所以在他四十岁时，一部享誉后世的巨著《聊斋志异》的初稿便脱手了。

漫游在《聊斋志异》那四百余篇境界之中，无不为那丰富多彩的内容，简练生动的语言而拍案叫绝，或对封建统治集团罪恶的深刻揭露，或对科举制度弊病的无情批驳，或对世态堕落的针砭，或对爱情的歌颂，或对真挚友谊的赞美，无不淋漓尽致，曲尽其妙。难怪这部集魏晋志怪小说和唐人传奇小说的大成者，在当今世界上被译成了英、法、德、日、意、俄、匈、捷等多种外文版本，一个研究蒲松龄和《聊斋志异》的"聊斋热"，我以为迟早也会出现的。

当我收回了万千思绪时，步子已迈出了蒲家故居的大门，向东行不远，路北有小屋三间，名为"蒲松龄书屋"，

是一个书店，内售蒲氏的著述和研究蒲氏的学术论文及有
关的传说故事等，择其所需而购之，以为纪念。

出书屋，下一段石阶路，其地空阔，稍西北有古柳数
株，柳丝指地。于柳下，有一泉，水满外溢，故名"满
泉"，又因泉处古柳之中，别名"柳泉"。今泉后竖石碑一
通，书"柳泉"二字，是沈雁冰先生的手迹。

泉后为一土岗，清溪中流，小桥飞架，岗头有合欢树
对植，枝干盘曲，老叶疏落，树下建茅亭一区，诚《芥子
园画谱》中景致。据说，当年蒲氏"雅爱搜神，情同黄州，
喜人谈鬼，闲则命笔"。因而常设烟茗于"柳泉"之畔，茅
亭之中，"邀田父野老，强之谈说，以为粉本"。于此，我
才知道蒲氏别号"柳泉居士"的来历。一位刚正不阿、嫉
恶如仇的村儒和农夫、商客们在柳荫下抽烟喝茶，谈见闻，
说故事，一幅《蒲松龄先生采风图》跃然眼前。然而在那
文字狱大兴的时代中，哪能奋笔直书呢？蒲翁便以他那超
妙之笔，借鬼狐花妖，写人间杂剧，透彻深邃，情真意切，
真是"入木三分"、"高人一等"。

离"柳泉"，再西南行二华里，便是蒲氏祖茔，森森古
柏中，有墓冢十几个，最前者就是"柳泉先生之墓"，亦为
茅公所书，并有题记一则，其词曰："此处原有一七二五
年淄川张元撰文墓表，一九六六年秋毁于林彪、'四人帮'
篡党夺权之祸，一九七九年沈雁冰题记。"今张元撰碑又重
新被复制，镌碑立石，并设碑亭，以为保护。所喜蔓草荒

坟中，几十棵苍劲古柏在"十年浩劫"中幸免刀斧之灾，否则，这数百年的老树，即以当今高新科技，怕也不能被复制了。

我在墓碑前诵读那张元的撰文，又摩挲着一代文雄茅盾先生为前代文豪蒲翁的题字，感慨赞叹，忽然从古柏间传来"咤咤叱叱"的笑声。这笑声多么熟悉、亲切和质朴，自然而开心，这不正是蒲翁笔下"婴宁"的声音。我扭头而看，走过一对青年男女来，他们衣着新潮，却会到这里来学习或是游览，则使人由衷地高兴了，我默默地祝愿他们建立"婴宁"和"王子服"一样的坚贞不渝的爱情。蒲翁有知，也当会欣慰的。

当我离开蒲家庄的时候，已是晚霞满天，薄暮冥冥。我得尽快赶回张店，趁晚车到青岛去，前边等待我的还有"崂山道士"和《香玉》篇中的花神——太清宫的"绛雪"呢。

隐堂游记

少读鲁直诗集，甚爱其诗句："愿为雾豹怀文隐，莫爱风蝉蜕骨仙。"遂以"文隐书屋"颜其室。隐堂者，文隐书屋之谓也。平生好游历，足迹几遍中华大地。每遇佳山水，必形诸笔墨，收入绢素，为写生画，余兴犹在，遂为文字，得游记数篇，以志行踪耳。

贵阳花溪

到贵阳，花溪自然要去看看的。

早餐毕，出客舍，搭一路汽车到河滨公园，改乘小巴士，往花溪去。因修路，又值小雨，在坑坑坎坎的路面上颠簸一小时，方抵花溪。一下车，时雨正大，急匆匆跑往商店，购得雨伞一把，当免淋漓之苦。

独自往花溪公园去。园门敞开，无人收售门票，我便扬长而入。先行小石子路上，松杉夹道，细雨滴沥，路上无一人相遇，不独清静，颇感清寂。出深林，入竹径，修竹含烟，新篁解箨，其径曲折，其境幽邃。忽闻水声澎湃，循声而去，便是花溪。水自东南而西北流去，"平桥"下，飞瀑争喧，喷珠溅玉。平桥北，是"碧云窝"，有亭轩数间，高梧如巨伞，雨打桐叶，有金石声，观其轩，高雅素净，立其下，顿觉满身凝翠，遍体生凉。过平桥，顺溪而行，丑石三五，修竹数茎，垂钓者五七人，手持长竿游丝起落，悠然怡然，自乐其中。细雨纷纷，洒落花溪，涟漪微动，真有点"细雨鱼儿出"的诗境呢。

沿溪行一段路，舍溪而登山，过梅岭，至麟山绝顶，望远山空濛，楼台雾失，水流花径，雾起平湖。不知雨止何时，我仍张伞而忘情那山光水色，忽有杯盏相碰之声，自亭中传来，却看所在，已有三位先我而到者，正清酌庶羞，浅斟低唱，也别有一番情趣。诸君邀我共饮，遂成四人，我将随身所带小食，逐一捧出，也不言谢，便举杯叨陪。先我而来者，也是萍水相逢尽为他乡之客。有幸小聚，缘自不浅。兴既尽，握手而别，竟忘留其姓名。

我下麟山，沿石磴过花溪。这石磴便是我们北方人山中河上的"踏石"，黔人称之为"跳墩"，不过花溪上的"踏石"极其规整罢了。水从跳墩间流出而后下跌，若箧中穿纱，极有韵致。这种石磴桥，沿花溪尚有多处，我所过者，为一百三十七块。

沿溪右岸行，其地更饶野趣，芦花尽放，碧水环流，时有野鸭出没，正是"芦花深处鸭嬉来"的绝妙景色。我于此小坐歇脚，自然心静神清，深感韵味无穷。花溪是画，雨中的花溪，雾中的花溪，俨然一幅"水墨淋漓障犹湿"的山水画；花溪是诗，是山水诗，是田园诗，我也曾吟成过两首拙句，竟不知丢到哪里去了，未能录出，正好藏拙；花溪是乐章，是琴声，是筝声，是山水的清音，是万籁的和鸣。

花溪好，奈何骊歌催行近。遂循原路返回贵阳城。

西出阳关

几年前行脚敦煌，却未能出访阳关，总感到对历史的胜迹欠了一笔账。今有机缘再来沙州，自当还清债务，以了西出阳关之宿愿。在敦煌市文化局长的陪同下，我们一行数人乘面包车出西城，过党河，故城遗址雄峙，白马塔高耸，这些地方曾留下我几年前骑单车驻足的脚印，今又来，有如老友相见，道一声"别来无恙！"

汽车在沙漠中行驶，眼前无际，一色苍凉，无水无树，间或有一两丛骆驼草，低矮而蜷曲，点缀在沙碛中，还有高高矮矮、大大小小的土堆子，据说是汉唐的遗冢，千年落寞在西去的古道旁。有幸遇到了一列驼队，为单调的大漠带来了生气，那雄浑而又清脆的驼铃，划破了长天的枯燥和沉寂，坐在车中昏昏欲睡的朋友们才启动着疲乏的眼皮向车窗外探视。车在沙漠中跑过了七十公里的路程，我们终于来到了阳关脚下。

破目而来的是古烽燧台，它雄奇而苍老，犹如一艇巨舰，在蓝天白云的映衬下，运行在历史的长河中。面对这"平沙迷旧路，智井引前程"的情景，我竟有点神驰遐迩了。眼前顿时幻化出狼烟四起的古昔，勤王出征的将士，在羌鼓胡笛中飞马尘沙；西天取经的圣僧，在烈日黄沙中唇焦口燥；东来献贡的碧眼儿明驼威仪……这烽燧台目睹了千年的变化，寿昌城变成了"古董滩"。

"古董滩"引来了无数的探宝者，中国的，外国的，正当的，掠夺的，近百年来，这里似乎没有清静过。同行者，也想小试运气，不辞辛苦，躬身寻觅，意想得到一件箭头、铜钱、石刀、棋子什么的，然而这里已是篦子梳过几回了，你想得到"古董"，谈何容易。

"古董滩"巡礼毕，便到距此一公里的渥洼池。早年读刘彻的《天马歌》，对这"得天马之所"的渥洼池，便心向往之。传说："南阳新野有暴利长，当武帝时遭刑，屯田敦煌界。人数于此水旁见群野马中有奇异者，与凡马异，来饮此水旁。利长先为土人持勒靽于水旁，后马玩习久之，代土人持勒靽收得其马，献之，欲神异此马，云从水中出。"（李斐注《汉书·武帝纪》）

在沙漠中，蓦地拥出一片绿洲，沙柳、白杨、槐榆之中，屋舍栉比，街头羊牛往来，小四轮拖拉机不时冒着青烟，驰入田垅。这里是敦煌市的南湖乡，村外有黄水坝，坝内便是渥洼池。走上大坝，放眼望去，天池一泓，方圆约里许，深浅不测，池水清澈。蓝天白云，若出其里，岸边浅渚，水草丰茂，时有十数人正收网售鱼，鱼大者数斤，红鳞闪烁，泼剌有声，大漠天池中，有此巨鳞佳物，自足令人咋舌赞叹。此行所憾者，就是未能睹龙媒神骏，只能高吟那汉武帝的《天马歌》了，"太一贡兮天马下，沾赤汗兮沫流赭。骋容与兮蹠万里，今安匹兮龙为友"。

于渥洼池玩赏有顷，并以饮料罐汲得池水数升，返回敦煌，遂成小记，同行者有北京王景芬、张虎、白煦、刘恒，辽宁聂成文，郑州李刚田，南昌张鑫诸先生。

儋州载酒堂

东坡先生的仕途也够坎坷的，先贬黄州，再贬惠州，三贬儋州。

我适海南三亚，为寻东坡胜迹，遂往儋州去。上午九点乘长途汽车，由三亚沿西海岸行，经道崖城、梅山、九所、黄流、佛罗、板桥、新龙，至东方县城，然后离海岸东北向行，于下午四点方抵达今儋州市所在地那大。那大在改革开放的大潮中，悄然崛起，大厦林立，商贾云集，呈现出一派大都市的风貌来。

由那大西北行约六华里，到儋州中和镇，即宋时昌化军治所，正是东坡先生谪居地。东坡初到儋州，僦居官舍，后朝廷派湖南提举董必察访广西，至雷州时，得闻苏轼住在昌化军衙门，即遣使渡海，把他逐出官舍。轼遂于城南桄榔林下买地结茅，起屋五间，名曰"桄榔庵"，聊以度日。今之中和古镇，尚见旧时格局，颇窄小，且脏乱，鸡鸭猪狗，游弋街头，随意便溺，恶臭难闻，穿行其间，游兴顿消。所幸民风淳朴，尚可亲近。问询"桄榔庵"的所在，得一热心青年的导引，至镇之西南，觅得遗址，仅残碑一通，亦字迹模糊，未能卒读。碑后，有椰子树十数株，高干撑空，绿荫洒地，树下有石棋盘一件，传为苏公当年为黎汉友好对弈消遣之处，亦附会之说。有东坡井，尚在一里外，据云亦荒败无可观，便未往访。残碑荒草中逗留片刻，不禁怆然，凄楚之情，顿袭心胸。

离桄榔庵，循东城书院而来，出镇之东门，行约里许，至书院。门前有滑桃树，粗可合抱，虬枝横斜，绿荫斑驳，掩映门墙。红墙内，椰子树八九株，疏落排列，临风摇曳；马尾松一株，间植其间，为之呼应。登石阶，入头门不远，便是"载酒亭"。亭建池上，翼然凌波。池内荷叶田田，绿鉴眉宇，水中游鱼，往来可数。遥想当年，东坡先生谪居其地，举酒洒粟，与鱼鸟相亲，或可暂忘蛮荒瘴疠之苦。过亭即为"载酒堂"，乃取《汉书·扬雄传》"载酒问字"之义。堂内碑刻环立，或为东坡鸿迹，或为古今名人题咏。堂外花木争奇斗艳，绚烂之极。穿堂而过，为一庭院，颇阔大，东有凤凰树，标明一九三三年所植，方六十龄，白皮泛青，枝桠朴茂，叶如凤羽，楚楚动人。西为芒果树，已有二百年高龄了，大小若凤凰树，枝叶繁密，已结小果，垂挂枝头。两树覆盖整个院落，星星点点，一院花影。东西配室为书画陈列室，悬挂着当代名人作品，东坡诗文典籍不同版本，陈列其次，仰观俯察，不欲离去。正厅为东坡祠，是东坡先生当年讲学之处所，内塑三尊像，葛帽高耸，持书正坐，一手举起作讲解状者，东坡先生是也；身着蓝袍，长须垂胸，屈手而坐，洗耳恭听者，为东坡好友黎子云；衣白长衫，后立而侍者，东坡先生小子苏过也。厅之四壁，皆东坡手迹拓片，颇耐观赏。右壁一铺《坡仙笠屐图》，尤为逗人，上有明洪武间宋濂题记一则，以志其状："东坡在儋耳，一日访黎子云，途中遇雨，从农家假笠屐着归，妇人小儿相随争笑，群犬争吠，东坡曰：'笑所怪也，吠所怪也。'觉坡仙潇洒出尘之致，数百年后，犹可想见。"我观其画，东坡先生诚一海南老农，也自乐而笑出。

东坡书院，除中轴线上的建筑外，尚有东园、西园。东园有迎宾堂、望京阁，皆为新建，颇堂皇壮丽。有"钦帅泉"在丛竹中；有"狗子花"，正"明月当空叫，五犬卧花心"之谓者，其花白中见紫，极淡雅，黄蕊，花心五只，酷似卷尾的小狗，向心而卧，头、嘴、耳、眼毕现，我不禁惊诧这造物的神奇，遂采撷一朵，藏之书笥，携归北地，以供友好共赏也。西园有东坡事迹展览馆，介绍东坡先生之生平，尤以在儋州三年半的生活状况最为详尽。

最后我瞻仰了位于西园花径中的东坡笠屐铜像，像若真人大小，戴笠帽，着高屐，若行走于田园村舍，这便是享誉近千年的大诗人。我立于像前，摄影留念，杨万里《登载酒堂》的诗句"古来贤圣皆如此，身后功名属阿谁"一时涌上心头。

竹寺烟雨

在日本书法界中，我有不少的朋友，而结缘最深的却是一位和尚，他便是天王山竹寺的大野邦弘先生。

大野邦弘，别署宜白，是竹寺的副住持。先生颇好书画，且造诣精深，为全日本书道联盟会员，竹心书画院院长。对中国传统书画艺术尤为耽爱，曾十数次到中国向著名书画家董寿平、启功等先生请教，并同他的父母和儿子到五台山（日本的僧人没有中国僧人那么多的清规戒律，他们可以娶妻生子），他本人虽是僧人，却又是书画家，且有中国书协的介绍，我便陪同他们上山。在清凉山胜境中漫游、交谈、书画交流，彼此了解了，情谊也随之建立。雨中游竹林寺，宜白的父亲竹寺的住持大野亮雄先生最为神往。不独"竹林寺"与"竹寺"名字相近，这里还是日本遣唐僧圆仁和尚曾经驻锡的地方。竹林寺地处偏僻，游人稀少，自是清静，又值细雨霏微，白云迢递，更见胜境清趣；忽有小风吹过，檐头铃铎叮咚，殿内梵呗声幽，平添古寺风韵。亮雄先生在雨中诵读那圆仁慈觉大师的灵迹碑，神情专注，态度恭虔，随后又转屋檐下，摩挲我为大殿所书的抱柱长联，并请翻译刘书明先生将那联书收入录像机的镜头。

同年十月，"董寿平美术馆"在晋祠落成开幕，盛况空前，大野宜白也前来祝贺，我们有幸再次相会。除了参加有关活动外，我还陪同宜白先生和北京苏士澍兄参观了傅山书画陈列馆，游览了文物字画市场，宜白先生购得清人陆润庠所书条屏，甚是满意。中午于太原食品街的四川餐厅共进午餐，宜白好曲酒，颇喜泸州老窖，士澍兄与川菜有缘，麻辣油已上红了，尚嫌不够。我不能酒，少饮辄有醉意，只是苦了翻译，菜来了他也难得吃上几口。旧识新知，欢聚并州，其情也眷接，其乐也融融。

说来也巧，时过整整一年，一九九二年十月，我应邀访日，时间虽为紧促，还是精心策划，安排了造访竹寺日程。

承蒙日本埼玉县日中友好协会的接待，协会秘书长菊地正泰先生亲自开车陪同我们游览。上午九点离浦和市，经道富士见、志木、所泽等地域，中午于路旁小餐馆就便餐，坐柜台前的高脚圆凳上，每人一份札幌面条，是北海道正宗风味，既快速省时，又经济可口。饭毕，于餐馆外花荫下稍事休息，便驱车上路了。过狭山、饭能等地不久，车入山地。远处，峰峦起伏，铺绿叠翠；近处，松柏交柯，虬枝连理；深谷，清泉喷珠，流水潺湲；路旁，杂花点缀，花香氤氲。间或板屋数间，横斜岗岭坡头，屋顶或土朱色，或粉绿色，格外醒目，却也调和。车行其间，正是远离尘嚣，回归自然，但觉心静神清，尘劳俱消。

下午四点许，车抵天王山停车场，我们沿砂石小路，徒步而上，按预约时间到达寺院，大野宜白先生等已在山门恭候了。刘书明先生也在其中，他乐呵呵地对我说，宜白给他打了电话，说我要到竹寺，便在日前由东京赶来了。欢迎我们的还有宜白的子女以及朋友岛田弘一先生。大野说他的父亲和妻子外出了未能来迎接，很是抱歉。

大家到"琉璃殿"的客堂席地而坐，饮茶、吃点心，主人热情地致欢迎词，因为大家是老朋友了，自不拘束，且文人们放逸惯了，随意谈笑，更感亲切。

竹寺，诚如其名，在漫山遍野的竹海中错落有致地点缀着几处高大的殿宇，辅以石灯、石台、石狮子，间植古松、老桧、梧桐什么的，树龄或有数百年之久了。棵棵腰围合抱，高可参天。竹旁、树下以奇石叠砌假山，颇简洁明快，间或有文字题刻，天长日久，苔花点缀，更见韵致苍古，耐人赏析。

牛头天王殿，是天王山的主殿，高踞半山之台，我们循石磴而上，至殿前。殿不大，却很庄严古朴，内祀牛头天王，大野先生为我们诵经礼佛，顿时香篆缭绕，钟磬齐鸣，一时间，佛事声韵，弥漫竹海。"琉璃殿"是几年前新建的，颇宏大壮阔，内设佛堂、写经室、书画室、客堂等，皆以障子分割，这"障子"便是和式建筑中纸糊的推拉式墙壁，我早年读夏丏尊先生的散文，他有一篇题为《日本的障子》的文章，给我印象是极好的。琉璃殿内的屋壁上，到处悬挂着精美的书画，日本的，中国的，古代的，当今的，赏析其间，令人目不暇接，如行山阴道上。

出琉璃殿不远，有新铸"牛头明王"像一尊，高约三米，由中国成都铸造，不远千里漂洋过海，到天王山来安家落户。新近运回，尚未揭幕，因有朋自远方来，遂将篷布掀起，一尊英武的牛头明王造像显现真容，这当是佛教密宗的造型了。人人去摸索，摸到会心处，便笑口常开，我为那造型生动，衣着飘举，琢磨精细的工艺而赞叹。座石上镌刻着赵朴老的楷书"牛头明王"四字，为造像更添光彩。据说十一月间启功先生将到竹寺为其揭幕剪彩，我生有幸，已是先睹为快了。

到了竹寺，当然要赏竹，步入竹径，遮天蔽日，唯一束夕照，射入深林，覆照青苔，光色纷乱，变化明灭。老干扶疏，临风摇曳，新篁朴茂，解箨有声。放眼远处，黝黑深邃，深绿、浅绿、油绿、翠绿，似有变化，又浑然一体。

晚餐，大野先生以"中国料理"为大家接风洗尘，地道的"孔府家酒"和"洋河大曲"，岛田君连干十数杯，酩酊大醉，和衣而卧，不知可梦入南柯否？饭后，到宜白先生的工作室，我坐在自动按摩沙发上，重温那"董寿平美术馆"开幕式的录像盛况，内中多有我和宜白先生、士澍

兄的活动场景，这自然是刘书明先生的杰作了。每看到我
们的镜头，宜白先生总是微笑着朝我们点头示意。

晚十一点回客堂就寝。不知什么时候落雨了，想是随
风潜入夜的，然而时下是风雨大作，竹林如啸，檐溜如注，
呜呜然一片轰鸣，大有放翁"夜阑卧听风吹雨，铁马冰河
入梦来"之意境。有顷，雨小了，风或未停，竹叶瑟瑟然，
如泣如诉，这该是郑板桥"衙斋卧听萧萧竹，疑是民间疾
苦声"的吟叹吧。未几，风停了，雨也停了，只是间或有
竹叶滴露之声，如丝竹，如管弦，清音入耳，余音不绝，
忽又加入几声清越的鸟叫，如投入清池中的几粒石子，击
破了雨后黎明中竹寺的沉寂。

我披衣而起推窗而望，山中的翠竹经过了夜雨的洗涤，
更见其清净和娟秀了，几缕长云似乎是困倦了，依偎着修
竹和庙门而卧睡着。只有窗前的数竿寒碧依云傍石，风姿
绰约，挂在叶片上的珠露闪烁着光华。这天王山的早晨，
似乎是一泓凝固了的碧玉潭，宁静而澄澈，肃穆而浑厚。
据说在大晴天，这里还能看到富士山，然而天又起云了，
云腾致雨，烟云幻化，天王山呈现出一幅水墨淋漓的"袄
绘"来。大野见我欣赏得出神，便悄然而他去了。

上午举行笔会，大野邀请"墨晨社"的书画家岩田红
洋和岩田正直两位先生共襄盛举。窗外白云飞渡，室内翰
墨结缘，交流书艺，互赠墨宝，一时间气氛热烈。正是赵
朴老诗句"会将东海当池水，笔底千花两国春"之谓也。

夜间听雨，我得一联：

> 寺有名僧能书画，
>
> 竹无俗韵自管弦。

题赠大野先生。大野甚是高兴，但随即补充一句"寺无名僧，寺无名僧！"说罢，便铺纸染翰，画疏竹数竿，题"清风在竹林"，作为回赠。

书画无长日。挥毫谈笑中已到中午，大野为大家准备了闻名遐迩的天王寺素斋。进得餐厅，又是一个艺术世界，修长的屋子，置条桌一列，顺条桌正中横一竹竿，主客列坐两侧，地有席，席上铺垫，或坐或跪，各取方便。斋屋临山而建，窗户洞开，绿竹万竿，每个窗户，便是一幅自然的图画了；素壁典雅，悬诸字画，点缀竹编、竹刻，颇为别致。室内一边，有修竹三五，破地而上，破顶而出，人在其间，竟得山林野趣，旷野风味，设计之精巧，颇受启迪。斋饭更令人叫绝，人各一份，皆油炸面食，所制各异，镂刻精工，配以松子、山果、杂花、异卉，盛于竹制的杯、盘、花篮、竹筒之中，一食一名，旁标签条，各书和歌一首，皆出自日本最古老的诗歌集《万叶集》。可惜我不懂假名，难以辨认，遂将签条收入笥箧，以备展玩。面对如此工艺的食品，真是不忍下箸，酒以竹筒所温，竹筒长约二尺，切新竹盛酒，以开水温之，等热气蒸腾，遂置列席上。主客互敬，不需起立，伸竹筒，举竹杯，斟酌交错，我不能酒，强饮三大杯，然酒醇竹香，常留齿间，至今忆起，似有余甘。

那素斋，有酒，有食，有茶，有花卉，有和歌；友朋中，有僧，有俗，有新交，有旧友；筵席上，或饮，或吟，或歌，或调笑，极一时之乐，亦平生一快事也。

下午两点，我们离开了竹寺，时又细雨缠绵，竹雾迷漫，天王寺的高薨和殿角若隐若现，身着绿色袈裟的宜白先生长久地站在山门外合掌相送，一幅"竹寺烟雨送别图"永远地留在我的脑海。

游三溪园记

日本人的生活节奏确是很快的。当我们乘新干线的火车到达横滨的时候，东京学艺大学的教授相川政行先生已在车站等候了。一见面，只一鞠躬，说了几句欢迎的话，便亲自驾车邀我们游三溪园。

在高楼栉比的现代化大都市横滨，三溪园是一个难得的典雅清静的日本式庭园，占地十七万五千平方米，园中荟萃了自镰仓时代以来各种形制的古典建筑，单国家重点保护建筑物就有十处。我在车上听着相川先生的介绍，心中是何等的愉悦。我爱古建筑，只是领略过中国各朝代的风格；这次能一瞻日本的一些古建遗物，脑海中自会增加别致的形象。相川先生又告诉我们，三溪园开放有近百年的历史了，是日本一位美术爱好者、生丝贸易实业家原富太郎，别号原三溪兴建的。园中的古建多是从京都等地迁建而来的。

车在横滨的街市上转了几个弯，便来到一处停车场，隔壁便是三溪园的正门了。入门中，满园的苍翠破目而来，已是深秋了，尚是一派夏天的况味，林木中间忽点缀三五丹黄的殷红的叶子，煞是醒目。高出林表木末的那是旧灯明寺三重塔，远远望去，高耸的塔顶直刺苍穹，深广的塔檐覆盖着塔楼，便是早在画报上和电影中看到的日本古塔的形制。据说这座三重塔是关东地方最古老的木塔，是康正三年建造的，当属室町时代的遗构了。

大家说着话儿，赞叹着园中的水光山色，穿过了莲池夹道，步入内苑御门，未几，便来到"临春阁"前。临春阁，临水而建，背倚丛树乔木，回廊曲槛，不施彩饰，质朴而高雅。我读着牌子上的介绍，约略知道，这所建筑是江户时代德川家在和歌山的别墅，也是日本国残存的唯一的大名别庄建筑，屋内保留着狩野永德、山乐、探幽等大家绘制的壁画。我过去学日本美术史，知道这祖孙三代曾是桃山画派的代表人物，曾为丰臣秀吉家族和德川家族的两朝皇室创作了大量的屏风画，在日本绘画史上创造了辉煌的壁画黄金时代，奈何临春阁只能在外面观赏，而那几位画家的手迹却无缘一面，这自然是一个很大的遗憾了。

离临春阁，过小桥亭榭，沿石阶磴道而上，行不远，丛林中拥出一座重檐大殿，颇宽敞宏大，为庆长九年建筑，原是京都伏见城德川家康的故物，名为"月华殿"。近三百九十年的历史了，却未见其衰老，殿堂整洁，楚楚有致。月华殿后"金毛窟"，是原三溪所建的一所茶室，颇卑小，而左近的"天授院"又是一区国保建筑，它是建于庆安四年的一所仿镰仓心平寺禅宗样式建造的地藏堂，檐柱间，横装板木为墙，斗栱以上，有硕厚的草秸屋顶，甚古朴。堂前有小树横斜，枝干上缀着疏疏的黄叶，时有小鸟啁啾，静寂中平添了几许清幽。

前行至"听秋阁"，高阁依山而建，下枕溪流。水落桥下，淙淙有声，阁后绿竹婆娑，轻风瑟瑟，于此小憩，山水清音，若金石相振，若丝竹弹拨，不绝于耳，正秋声也。若夜枕凉榻，虫声唧唧，当更能领略其"听秋"的妙用。

距听秋阁不远，有"春草庐"，是颇有历史的茶室了，木牌上标明，该茶室为织田有乐斋所建，有乐斋便是织田信长之弟。信长这位日本历史上的政治家、军事家，曾为国家的统一作出过卓绝的贡献。茶室虽小，于此却引出我无限的遐想来。

前面一座颇为富丽堂皇的建筑物，将我们吸引了过去，那便是旧天瑞寺寿塔复堂，原建在京都，为桃山晚期作品，是丰臣秀吉家为消灾延寿而建的。

"莲花院"亦为原三溪所建的茶室，想当年三溪园开放之初，定是游人如织，难怪主人在园中建了许多的茶室，那茶道生意定是兴隆的。茶室旁是中国梅林，一丘一壑，尽植绿萼梅，可惜不是梅花季节，否则我会在这异国他乡的香雪海中徜徉半日的。

在内苑的最后游览点是"三溪纪念馆"。该馆一九八五年方建成，内中陈列着原三溪以及三溪园的有关资料及实物，展览着原三溪的绘画屏风，这位造园主人，绘画技巧自是不同凡响的，风格颇有"京狩野"的余韵遗风。纪念馆还放映着《三溪园的四季》的电视片，然而却没有一位游客去光顾，相川先生也没有让我们坐下来观看，便领我们到"月影茶室"品茶了。

日本的茶道是久负盛名且为人乐道的，然而我们没有时间去领略那茶文化的风韵，据说体验一下茶道的全过程，须耗去两个钟头的时间呢。我们临窗而坐，相川先生为每人要了一杯地道的日本茶。一个手势过去，身着素净和服的日本姑娘，手捧着漆制的茶盘，步履极轻地小跑着送上茶来，而后恭谦地鞠着躬，退了回去。除茶外，每人还有二三只小点心，这便是周作人曾经乐道的那种"优雅的形色，朴素的味道"的豆米制成的茶食了。那茶瓯是极精致的上好的瓷器。瓯中之物，并非我国绿茶、红茶或花茶之属，而是半瓯粉末状的新绿，犹同我儿时故乡南河中所见之浮萍。相川先生告诉我们，这是研磨过的茶叶，很细碎，饮时分三次须连茶末一起吃下。我们仿着相川先生的招式，双手捧起茶瓯，扭转图案，三饮而下。茶尽了，点心也品尝了，在我口中，却没有留下任何味觉的概念，似乎得一个"淡"字而仿佛。据说日本茶道是陆羽功夫茶的再传，然而至今我还没有读过那本名闻古今的《茶经》呢。

在外苑游览，我们先登山到先前就看到的三重塔下巡礼，走近了，古塔反而失去那远望时的绰约风姿，见到的则是凝重和古老，苔花重重的石阶上似乎很少有人来问津。

大约这二十世纪九十年代的人们，除了赚钱，便没有多少闲情逸致了。

塔下盘桓良久，便沿山顶小道到"松风阁"去，这里是原家初代的山庄，曾建阁，伊藤博文为之命名。现阁为一九六四年新建，地处高岗，松风习习，凉气逼人，极目远眺，可见"上海横滨友好公园"和"本牧市民公园"，秀水青山，芳草碧树，诚"见晴良好"之所在。

下松风阁，经"林洞庵"茶室，"初音"茶屋，过"寒霞桥"，一草屋当前而立，形制古朴，正田舍风味，名为"横笛庵"，听其名，遂发牧童横笛牛背之思也。

眼前又现一座佛殿，为室町时代后期建筑，少说也有四百多年的历史吧，经风沐雨，巍然矗立，其风格正镰仓东庆寺禅宗样式者。再前行，有旧矢䓤原家住宅一区，硕大的茅草屋顶，为合掌造，深广的内屋，光线暗淡，陈列着日本农民们古老的生产工具。于此游览，得见江户时代的乡村气息，该建筑物曾建岐阜县大野郡庄川村，置于横滨的三溪园中，让久居都会的市民们一睹古昔乡村的风姿，当是何等的新奇，于此也可见造园主人的匠心了。

过"待春轩"茶室不远，就是旧灯明寺本堂，它与三重塔一样，由京都移筑，深檐九脊，青瓦压顶，颇有中土唐建风韵，中间三间装板门，两稍间安直棂窗，只是灵巧有余，而似嫌庄重不足。时有松涛阵阵，诉说着三溪园的兴衰，据说该园在第二次世界大战中，也受到破坏，到一九五三年以后才得恢复原来的面貌，有些建筑物已是以假乱真了。战争是残酷的，发动者不独给别人带去了灾难，同时也给自己留下了创伤。当我步出三溪园的大门时，我的脑海中除了三溪园各时代古建的形象外，更多的则是由三溪园的兴衰所生发的联想了。

隐堂花事

少读古诗，偏爱山谷，其诗句"愿为雾豹怀文隐，莫爱风蝉蜕骨仙"尤为耽爱。一九六四年夏月，客居洪洞广胜寺，曾请杨陌公先生书轴，悬诸座右，朝夕相对，以作自励自警焉。八十年代中，喜得新居，也颇宽绰，且有一间书斋，即致函我师王绍尊，向文化界前辈楚图南先生敬乞书额，得"文隐书屋"四字，请阎光奇君镌刻一小横匾，遂颜其室。"隐堂"者，"文隐书屋"之简称也。

得书斋，置书橱五只，画案一张，丹青墨妙环挂粉壁，杂花野卉横陈窗下。书画之余，异书新得，展卷几忘晨昏。披读有倦，则汲水浇花，剪枝理叶，其乐也融融。偶值好花半放，适有良朋远来，遂置酒花下，每至微醺，或吟或唱，或书或画，张纸挥毫，何计工拙，恣情肆意，物我两忘。我不能酒，自是饮少则醉，半卧沙发之上，遂入梦蝶之乡。酒醒月阑，好友他去，妻子亦已安睡，惟有窗前之花疏枝横斜，暗香浮动，清风微度，摇曳欲语。其时，泡碧螺春一杯，热气蒸腾，便于案头之上，记我的"隐堂花事"。

十月初，正是花事繁闹的季节，我从南京归来，身上似乎还带有一种余香，至少心中对金陵夫子庙花事的眷念还是没有减弱的，我寻出了著名书家八五老人游寿女史为我所书的"丹桂飘香"四字条幅悬挂起来，南国的花香在隐堂中似乎又充溢了。不几日，有司冰者，是我的旧友，七十年代初就相识了，他善书法，是摄影家，在工商局供职。老朋友偕同其子，携一盆悬崖菊送我，真是喜出望外，遂置诸花架上，斗室之中顿添光采。

这悬崖菊，主干不算长，有三尺许，横拖盆下，恰值花架中央。主干上生分枝十数条，每枝顶端生花少则三四头，多则七八头不等。其花全放者不盈寸，含苞者若蚕豆大。花色为柠檬黄，浅而不薄，鲜而不俗，黄灿灿的百余朵，若繁星，若流萤。其叶细碎为棕绿色，而老叶泛胭脂红，枯叶斑斓，配以陶制瓦盆，一种山林情趣，盎然生发。每于灯下，其倩影投之粉壁，楚楚有致，正是剪纸艺术家的绝好粉本。

花有清香，不甜不腻，淡而幽郁，纯山花野味，为家植盆栽中尤为难得者。

悬崖菊在山野之间，主干有盈数丈者，因得天地之恩泽，山川之灵气，则更为矫健，愈为壮观，若游龙探海，似孔雀开屏。在花室之中，仅得清水，又乏光热，自然不若野生之时，然菊之坚强，花期从九月初绽，到十月盛开，入十二月方残，且自始至终黄英不落，枯叶抱干，枝条坚挺，难怪菊之品格，历来为人称道。

架上黄花虽去，且喜盆中新芽绽发，数日间，便见嫩枝葳蕤，绿叶缤纷。料想明年秋天又是一个金灿灿的世界。

一花未谢，一花已萌。窗前高悬的蟹爪莲已是千蕾待放了。前年十二月，我到五台山书画社的裱画车间，见一盆繁花似锦的蟹爪莲。不禁啧啧赞叹，两位装裱师见我喜爱，便慨然相赠，随即又提了一个要求，要我为她们每人画一幅小品。以画易花，我就将蟹爪莲端走了，那便是我窗前的这盆了。花到我家，置于客厅，犹如一盆旺火，花光灼灼，煞是喜人，委实让我和妻子兴奋过一段时间，我便以水彩画法为它写照，同时挂于厅间，花画相映，整个客厅，一时间是蟹爪莲的天地了。

蟹爪莲到家后，我是一直精心地料理着，浇水施肥，不敢有忘，有时还注入少量的啤酒。据说花神有时也是需要小饮的，然不可过量，否则就会长醉不醒的。初来时，花盘直径还不足二尺，一年的工夫，直径又增加了一尺，那仙人掌的块茎更加肥厚壮实了，有几处破裂，略显出几分苍老，而那些"蟹爪"们平展展地爬在竹制的花架上，只有边缘的一圈下垂着，不时生发出新的"蟹爪"来。十月初，在指爪间便吐出一星小红点来，然后如香火，如红豆，个头由小变大，色彩由浅变深。我每日端视着，总觉得它长得太慢了。偶然外出一段时间，归来后，花蕾都变成了倒挂金钟，一个个像小辣椒，在绿萼下，红里泛紫，呈青莲色。元旦前，花儿们都乐滋滋地绽开了笑口，花瓣儿翻卷向上，一层，两层，花蕊儿下垂，一朵花便是一盏小灯笼，连缀起来，却酷似一顶红罗伞，玲珑剔透，精美绝伦。有时对着它我竟至出神，眼前又幻化出一铺绝妙的藻井图案来，然而藻井，哪里有它那么鲜活，那么洒脱。花解人意，春节期间，蟹爪莲又出现了一个花期的高潮，拜年人无不对它投以钦慕的眼光，它为年节添增了喜气，它为主人赢得了赞誉。

说来也神了，这蟹爪莲今年花期特别长，大有不败之势，到四月中旬了，仍是花繁叶茂。然而由于花期的长，我倒对它有点冷漠了，没有新鲜感，反而疏远了。世间的人与物竟然会这样，它对你近了，你对它倒远了。

隐堂的十余盆花木中，我最钟爱的要算是来自海天佛国普陀山的水仙名品了。

几年前五台山与普陀山举办了两山书法联展，在两地巡展互访中，我结识了舟山的文友王道兴先生，先前他在市文联的杂志社任副主编，近年来，他的主要精力则倾注在《普陀山志》的编纂工作中。他能诗文，善书画，可惜在一九五七年的政治风波中，蒙受了不白之冤，二十多年的艰难遭遇，那青年时的横溢才华像狂风暴雨中的水仙一样被践踏了。

自与王道兴先生相交后，他知道我喜爱花木，每年秋后，便将水仙头五六枚精心包装，不远千里邮寄于我，收到后，贮之高阁，既需凉爽通风，又不得受冻。到腊月初，我便取出水仙头，小心翼翼地剥去干裂的外壳和残根，洗去尘灰，置于青瓷大笔洗中，垫上色彩斑斓、晶莹亮洁的雨花石，注入清水，安放在南窗之下，阳光之中。

书画之余，在斗室中踱步，自会走到窗前花下，一睹那水仙的芳姿，水浅了，加少许，水旧了，换一次。几日后，便见发芽，继而长叶，继而拔胎，出蕾，亭亭玉立的花干上，十数枚白中透绿的小簪儿横缀着，疏疏落落，别有一番情韵。日历已翻到了除夕，花绽了，在喧闹的爆竹声中，十朵、数十朵一齐开放了，单瓣的，复瓣的，白花黄蕊，冰清玉洁，高雅得很，那香气清清的，淡淡的。花愈长愈高，有时竟达二尺余，花蕾、花朵总是高踞其上，披着修长碧绿的霞帔，在月光下，倩影婆娑，婀娜多姿，俨然是凌波仙子在起舞。

水仙花是靠水养着的，故而一身的净洁，一身的清白。花开时，我将那厨房的门紧闭着，深怕那炒菜的油腻和年节的鱼腥味玷污了这普陀的花神。

说到名品，福建漳州的水仙也是备受人们青睐的，在山野水滨之时，自然质朴，朴茂天成，那情致确是让人留恋的。然而近些年来，好事者在水仙头上下刀，切割加工，无辜地遍体鳞伤，花一时呈现出各种姿态，巧则巧了，可怜那水仙的形象被扭曲了，被丑化了，那高雅气便荡然无存，奴颜屈膝的奴才相，让人看了怪不舒服的。我案头的水仙，只让它有充足的阳光和充足的水分，一任自然。它由山野移植家中，已经失去了厚土，再加刀割，目睹畸形的生长，那实在是太残忍了。

　水仙好，只惜花期太短了，前后二十天，先开的花朵便干枯了，花形却不变，只是小些许，白色的褪了，花瓣透明了，若蜡制的，黄的蕊依然黄着，只是更加深沉了。我没有抛弃它们，便连茎采集下来，安放在案头的笔筒中，也算隐堂中的一种清供了。它与壁上高悬的长安康师尧和津门孙其峰二位著名画家为我所作的水仙图，上下呼应，既相映成趣，又各擅其妙。这是两件永不会开败的艺术之花，虽无暗香，却有性情，欣赏着，品味着，明人李东阳的《题水仙花》诗，萦然脑际：

> 淡墨轻和玉露香，
> 水中仙子素衣裳。
> 风鬟雾鬓无缠束，
> 不是人间富贵妆。

收古董

儿时在故乡，时有似货郎的人物，不独沿街吆喝，时入人家院落，收购古旧陶瓷、破烂字画、刺绣花边等，我大惑不解，货郎担不是卖东西而买东西。祖母对我讲，那是收古董的，我心想，花钱买破烂，傻极。

"文革"之初，处处破"四旧"，所谓"封、资、修"者，便摔砸、焚烧，古玩字画，当在其列。令人不解的是与此同时，各地却又出现了收古董的门市部，就在这晋北小城忻州城也有几家。我是一个"逍遥派"者，"革命无门"，"反革命"岂非胆大包天。终日无事，也常溜达街头，逛逛书店，间或到古董收购站一观。

一日，见一长者，七十余，面目黧黑衰弱，偕一青年，二十上下，也颇瘦小，一人携篮，一个背包，径至古董店来。那青年将一篮子和包裹递入柜台，未几，开一张收据并五元钱递了出来，那长者一时间目瞪口呆，跌坐石阶，半天方缓过气来，面对如我者观众诉说："一只乾隆五彩大碗，两件名人字画，搭一个景泰蓝花瓶，只卖了五元钱。我们祖孙两个坐火车跑两站路程，这可好，不要说吃一顿饭，连来回的车费都不够，还白白误了一天工。不卖，退钱！退钱！"老人愈说愈气，便站了起来，与柜台交涉。答复很简单："这是'四旧'，不值钱。开了票，便不能退钱了。"老人又多讲了几句，柜台里似乎烦躁且带威胁了："这些东西哪里来的？你家什么成分？说清楚再走。"

这一问果然奏效，老人再不言语，和孙子走下柜台，饿着肚子伛偻着身子向火车站方向而去了。我至今还清楚地记着老人篮子里那只收购部不要的"大明宣德年制"的铜香炉，那是一只上好的宣德炉，也许早已熔铸为锅台上的铜勺了。

也是在"文革"中，我有一位朋友，他官高位显，某年由省城到这小县来消夏养病，他颇爱古玩，有书画癖。不知他从何处得一讯息，说五台县望景岗村有一老人，当年是平遥某军官的姨太太，她被遗弃后，嫁到五台农村来，据说手中还有几件像样的东西。

驱车到五台后，那老人是找到了，她神情木木的，问起收藏，她说有一对汉铜镜，并配有红木架子，几年前听说镇上有收古董的，她徒步到东冶去，可收购站不要，说那铜镜不是古董（当时收购员手头有一份收购项目表，对号入座，表中没有名项者，当不是古董）。多亏在场有一位认识的人帮她说情："一个孤寡老人，怪可怜的，给个废铜价就行了。"老人拿到了十五元，还落了一份人情。

我那位朋友是谋着一幅恽南田的《牡丹图》来的。问及此画，老人说："有过，卖不出去。去年冬天，雪大风紧，冷得很，风门的窗户上连张纸也没有，我就把那恽寿平的《牡丹图》糊窗户了。"老人淡然的毫不可惜的样子像是拉家常。

在东冶，还有一家田姓的书香门第，主人是一位教书先生，工书法，善篆刻，且享誉省垣。然因曾获过一顶"右派分子"的帽子，家道中落。在"文革"中，年龄还不高，便悄然谢世了，家里自然是会有些文房清供的。

我随朋友，再到东冶，询其姓名，访入田家，见一妇人正在檐下拣菜，知有人来也不抬头。我们上前询问，她却落泪了，并说："你们一进院，我就知道你们是做什么的。家中没有什么东西了，全卖了。还有一方砚台，若喜欢，就拿去吧。"这是一方质地不算好的端砚，还带着木盒儿，老人只要了十元钱。躺柜上还摆着一只红木笔筒和一只钧窑的笔洗，老人说："这两件不能再卖了，留作纪念的，老头的遗物再也没有了。"听这凄清的陈述，我似乎也要落泪了，赶紧离开了田家。

买卖人的心态就是难捉摸。

一对上好的乾隆五彩瓶，只要五十元，朋友嫌贵没有买。我说太便宜了，五十元大洋也值，漫说几张纸票子。第二日那朋友拿着五十元又去了，然而物主不卖了，白跑一趟，也无可奈何。有钱人许是吝惜鬼转世的。

两张罗清的指画墨竹，只六十元，我是没钱买，便将此情况告诉王老师，他说希望给他留下。我拿钱去买，物主涨价到一百元，我无力垫付，也不好作主，便也作罢。没想到时过半年，墨竹由物主托人捎来了，钱还是六十元。这是七十年代末的事情了。

一本明毛晋汲古阁的《东京梦华录》，价钱是贵了点，我想留，迫于囊底羞涩，自然没有要，不知此书流落何方了。

赵凤瑞的嫡孙赵文田，不知从何处收得一张田桐的章草书，愿以一百元让我，我自然是无能为力的。然此作，我甚喜爱，寤寐思之，便拿着一月的工资去取字。没想到字已售出，为河南收古董者买去，只八十元。我买东西，不会压价，人爱要多少，我给多少，有钱就买，没钱作罢。

近年来，工资不断增加，手头也宽余了，偶有余钱，也买点书画自娱。新书书价猛涨，买旧书反倒便宜些。我曾购得恭寿老人王澍所临的《定武兰亭》，闲暇无事，值良辰月夕，也常摩挲晤对。又得松斋梁巘所书《麓山寺碑》字二十四行，深得李北海之风韵，苍古之气，直扑眉宇，因册页尚空白数开，忽发奇想，拟请启功先生作跋语数行，今古映照，亦将为书坛佳话。遂于数年前进京之际，留墨本于苏士澍兄处，近未问讯，不知启先生可曾赐墨否？我有小佛头二件，皆寸许，一泥塑，一石雕。石雕者得之于黄河边上，泥塑者得之于珏山之顶。

一九六五年十月，我在芮城永乐宫参加壁画修复工作。

一日休假，与诸师友驱车到永乐镇凭吊宫观旧址，并泛舟黄河，浪大风急，惊涛拍岸，心胸为之激荡，曾留影数张，仍存箧篚，偶一展对，神驰往昔。在岸上，舟人送我一小佛头，说是他从岩边捡到的。这佛头便是我眼下的这尊石雕了，石质坚硬，呈青黑色，其雕刻线条简洁，颇古拙，有神采。头后有小柄，想必是用来插置某佛龛中。此件为何时物？未曾细究，也不必细究，看到它，能勾起我对黄河之游的回忆，便是高兴。

我得小石佛头，当时只买了一条香烟，回赠舟人，那烟并非好烟，只几元钱，若如今之"中华"、"红塔山"之类，动辄百元以上，那我是只能退避了。

一九六七年春天，我到晋城，"文化革命"方兴未艾，破"四旧"轰轰烈烈，我和同窗学友王朝瑞等，却在晋东南访古探幽，家事国事无能为力，逍遥派却是可当的。游高平玉皇庙，为那精湛的二十八宿泥塑拍案叫绝；过晋城景德桥，诵读其题刻；游古青莲寺，庙门紧锁，翻墙而入。现在想来，年轻时颇荒唐，为看一破庙古刹，虽无崂山道士破壁而入的本领，竟使出飞檐走壁的伎俩。一日登上珏山山顶，庙宇被拆，塑像尽毁，满目破败，一片荒凉。不意在瓦砾堆中，有金箔闪烁，是一个半残的佛头，我捡了起来，收入绢素，秘不示人，当然朝瑞兄是知道的。在"文革"中，保留"四旧"那是会带来灭顶之灾的，岂可儿戏。

　　曾陪梅舒适先生等八位日本著名书法家游太原双塔寺。永祚禅院整修不久，地面上废弃着很多破瓦当，即我们在乡下所见之"猫头"者，皆民元以来之物，他们却爱不释手，每人捡一二枚，视为拱璧。

　　河曲县岛上人家"娘娘滩"是颇有名气的，"文革"中，我曾造访，瞻仰了卑小的娘娘庙，聆听着汉娘娘遭忌被囚的故事，也欣赏了那"富贵万岁"的大瓦当。据说当年郑林同志曾带走一件，还留下了五元钱。那瓦真是够大的，三个合拢来，像是一个小瓮子，那瓦当直径也有四五寸，我用皮纸拓制一件拓片，还写了一段跋文，这便是今天隐堂的那件存物了。还记得，当时从娘娘滩捡得汉瓦片（实为魏时物），曾请河边制砚的师傅加工，然而时隔多年，瓦砚没见到，破瓦也不知去向了。

　　近年，曾两到敦煌，西出阳关，想在真正的"古董滩"上捡到些纪念品。看到的是高峻的古烽燧，以及在古烽燧上流动的云天，我面对这壮阔的戈壁，沉入了无限的遐思，便忘却在沙滩上的寻觅。突然车要走了，我捧一掬沙土，摘几片白云（异想天开），收入我那隐堂的货郎担，这也是分外惬意的。

赵延绪先生

春节刚过，我专程到太原探望我的老师赵延绪先生。九十五岁的老人，尽管记忆力锐减，但气色甚好，满面慈祥，乐呵呵的，一派寿星相。还是每天坚持日课，作书作画，乐此不疲。

赵老是山西有贡献的老一辈美术家和美术教育家，但对他的名字，就连书画界似乎有不少人也感到陌生了，然而著名版画家力群、美术史家阎丽川、电影表演艺术家赵子岳等，却正是在赵老师教导下，成为卓有成就的艺术大家的。就是在山西乃至中央，诸如程子华、戎子和等老一辈革命家和不少革命先烈，无不奉赵延绪先生为老师。

赵延绪，字缵之。一八九七年出生，山西寿阳县人。幼而丧母，其父通晓书法画理，并经常染翰书画，时时启发着他的心灵。稍长，父亲就督教他临帖作书，对稿摹画，时日愈久，兴趣愈大，弄柔翰，观群书，几忘晨昏，不知寒暑，情之所钟，学业大进。先生于弱冠之年，赴京师，在北京大学画法研究会从胡佩衡、凌文渊学山水、花鸟画法。未几，又只身东渡扶桑，深造美术。先生在日本美术学校专攻西画，所作水彩、素描尤为出色。求学期间，适值日本大地震，东京受到严重破坏，学校停办，先生矢志不移，待复学，又继续深造。一九二四年学成归国，从此便开始了教书生涯，先后在山西私立美术学校、山西省立第一师范学校、国民师范学校、太原成成中学、西安民众教育馆及成都等学校和地方任教，正是"执教数十年，桃李满天下"。

先生自日本归国，时当盛年，风华正茂，教学之余，创作不辍，熔中西画法于一炉，重视写生，时出新意，一破当时之摹古风气，所作面目清新，质朴自然，为书画界人士所折服。一九三一年后，先生在上海、北京等地举办个人画展，曾获得徐悲鸿、刘海粟等大家的高度评价。先生连搞画展，积蓄颇丰，然仍节衣缩食，筹措资金，志在绕地球旅行一周，以开眼界，以拓胸襟，并对东西方美术作进一步考察探索。奈何国事多艰，"七七事变"后，壮志遂成泡影，西出潼关，避难秦地，而后蓬转成都，过着颠沛流离的生活。

抗日战争胜利后，先生"漫卷诗书喜欲狂"，便收拾行装，取道长江，顺流而下，然因航道多年失修，又值枯水季节，船行缓慢，时有暗礁，走走停停，停停走走，从重庆至上海，时逾一月。先生借此机会，饱游饫看，得观三峡奇峰，巫山云雨，楚国风姿，金陵秀色，画长江写生画数十幅。

先生抵上海，囊底羞涩，便计议着开个人画展，然而从哪里来钱购买纸墨笔砚和装裱书画呢？他绞尽脑汁，想到财政部长孔祥熙，他们两家拐弯抹角算起来还有点亲戚关系，便抱着一试的心理去借款，居然借到了五百元，真是喜出望外。遂辛勤劳作，夜以继日地挥毫作画，将长江写生稿整理成幅幅宏图佳作，连同部分写生画一齐展出，加之由孔祥熙等十五位军政要员和书画界名流作展览介绍人，展览会获得圆满成功。徐悲鸿先生前往参观，并题了词："赵延绪先生速写情韵甚茂，用中国画笔墨挥写者则磅礴有生气。此放弃旧型之国画，或不入时人之目，但亦须力求精妙，以自完其新境也。"

展览结束后，往孔家如数奉还借款，孔家管事人说，亲朋故旧向孔府借款者，还未见有偿还者，先生为第一人。于此可见先生人品之一斑。

建国之初，先生由北京回到太原，继续从事教学生涯，曾一度拟往中央美术学院任教，笔者曾看到过徐悲鸿先生与缵之先生的亲笔函，后因诸多因素，未能进京，便先后在国民师范、山西艺术学院、山西大学教授美术课。

六十年代，我开始从赵先生学国画，过从颇多，对先生有了更深刻的了解，先生那种温柔敦厚的性格，虚怀若谷的治学精神，恭谦有礼的待人接物，不仅给我留下了深刻的印象，也影响着我的成长。先生授课，非常认真，一进教室，总是先讲阳光、空气、水分，开窗户，洒清水，接着漫无边际地拉家常（时间很短），当引人入胜时，便很快回归主题，生动活泼地、切中要害地完成教学任务。虽两节课连上九十分钟，中间从不休息，同学们却听得津津有味，记忆深刻，回味无穷。

先生对人对事是十分认真的，有登门求教者，总是诲人不倦，因材施教，循循善诱。就是大学附近的小学生请求老师题写"仿影子"，他也一笔一画严肃地去完成。对作应酬画，也从不苟且塞责，我处有一幅先生为卫恒省长所绘的山水条幅，画已作完，并写好了上款，挂起一看，觉得不满意，就重画一幅。三年困难时期，一个同学将所领的一斤月饼一次吃完，先生十分关切地说："喏，饿肚子，吃那么多带油性的食物会把胃撑坏了。分着吃，还可弥补几顿饭菜的不足。"说话时那认真的神态，我今天想起来，恍然如昨。先生有时又是十分诙谐的，他一生勤劳，在家中经常洗锅刷碗，有同学便逗趣说："赵老师，听说你每天在家要刷锅？"先生莞尔一笑说："不是刷锅，我是用刷子在锅里练字么。你们没听说郑板桥在夫人的背上还练字呢，板桥每晚用手指在夫人的背上写字，夫人说：'人各有体，何必体我。'板桥大悟，便创出所谓'六分半'的新书体。"同学们哄然大笑后，也颇受启示，这真是寓教于乐。

也是六十年代的一天，先生家中来了一位陌生的造访者，交谈中才知道是成都市市长，他曾是赵老在成都任教时的一位学生，当时已是党在成都市的一位地下工作者，先生看到他经济困难，曾经周济过。多少年过去了，老师根本不记得有过此事，而作为学生的市长，旧情不忘，借去京开会之机，专程来看望老师。我们在校读书时也经常得先生所资助之纸墨笔砚等。先生经常给周围的人以帮助，而他却从来不向周围的人提什么要求，难道说他没有什么需要办的事，也不是。"文革"中，先生的几个孙子的升学就业，都被耽误了，有人对赵老建议说："省政府不少领导是你的学生，请他们帮帮忙，找个工作是不成问题的。"先生却认真地回答："不，我不能给领导添麻烦。孩子们的事，需要他们自己努力。"从艺术学院到山西大学，先生的宿舍既简陋又窄小，他从不计较。孙子要结婚了，房子不够用，老人提出他自己要在楼房过道中安一张床，孝敬的子孙们哪能让老人住在楼道中。

"十年浩劫"后，先生已入耄耋之年，大家合计着为老人编一本画册，开一个画展。然而先生的作品，在"文革"中大都被"红卫兵"抄去了，而有的作品，明知道是在谁人手中，孩子们建议要回来，先生却说："不必了，他们喜欢才拿走的。在他们手里，也不会丢失。向他们索要，会使他们难为情的。"先生对人的宽厚，有时达到了让人生气的地步，画册一直没有出，画展迄今为止没有开。说到底，先生本人积极性也不大，因为他对名利是十分淡泊的。

先生一生从教，又受家庭的拖累，特别是建国后，便很少有机会到大自然中去写生作画，教学之余，也只好在案头临摹古画，整理旧作，就大大影响了他的创作。偶有外出，则可满载而归。建国十周年之际，他和几位画家合作的《同蒲风光》，便是一卷气势磅礴的山水画，讴歌了山西从南到北的大好河山，受到了人民群众的普遍喜爱。七十年代中，先生已是年近八旬的老人，还风尘仆仆，登上芦芽山，得《芦芽山色》等佳作。后被收入日本出版的《中国现代美术家名鉴》中的，正是这幅作品。

先生的绘画多有专家评论，而先生的书法，却很少有人提及，其实先生从小学颜柳楷书，结构宽博奇伟，法度严谨，点画凌厉，尤以颜柳体相结合所作小楷，为人称道。到八十四岁时，眼不花，手不颤，所书蝇头楷，精彩动人，实为难能可贵。先生亦擅魏体书，以写郑文公尤为出色。一九六三年，柯璜先生去世，我和先生为柯老共送一副挽联，是四尺宣对开，由先生命笔所书。在所送挽联中，是最小的一件，颇有寒碜之感，但大气雄浑的魏书，那感人至深的挽词，无不给人以深刻的印象。

一九八六年一月，我在太原开个人书画展，年过九十的先生在春寒料峭中，还亲临现场祝贺和指导。先生对我的情谊，我是没齿不忘的。

先生年高体健，鹤发童颜，人称老寿星。寿星自有寿星的养生之道，一是清心寡欲，淡泊名利，处事和平，从不生气。二是坚持锻炼，基本吃素，书画自娱，助人为乐。

去年春节前，先生因患疝气病，疼痛难耐，九三高龄老人，进京开刀，竟然很快康复痊愈，医生、护士无不视为奇迹。去夏，天津美术学院八十岁的阎丽川教授传书与我，他得悉先生体笔双健，精神矍铄，十分高兴，呼吁山西文艺界、教育界在先生百岁生日时举办一次纪念活动，这将是一件很有意义的事情。我将以前人词句"寿彭祖、寿广成，南极仙翁是前身"书赠先生，祝愿先生青松不老，画笔常健！

印人王绍尊

　　王绍尊先生，河北省蓟县公乐村人。十五岁时考入北平师大附中，毕业后入北师大生物系就读。"卢沟桥事变"之时，他正在京郊上方山采集标本。之后兵荒马乱，欲回北平不能，校方领队便宣布各谋生路。从此，绍尊先生开始了颠沛流离的旅途生涯。得同学之方便，先郑州，而运城，而临汾，后西安。在西安时参加了张仃、陈执中等漫画家所组织的抗敌漫画宣传队（王绍尊先生在中学时酷爱美术，有深厚的绘画基础，曾考入北平国立艺专），每天赶画漫画，张贴于校园、街头，宣传抗日救亡。后因西安屡遭轰炸，不得已又转徙汉中，再徒步经城固、褒城，到达四川广元。荒山野岭，羊肠小道，长途跋涉，备受苦辛。未几，又离开四川，经贵州抵达昆明。

　　抗战期间，昆明为大后方，各地大学多迁于此，文人学者星聚云集。绍尊先生遂立足昆明，先后执教于昆华女师和昆华中学。在昆期间，得以结识李公朴、张小娄、楚图南、闻一多、赵诚伯、李何林等知名人士，且常往过从，思想为之活跃，参加了各种政治活动。李公朴、闻一多二位先生遇难后，绍尊先生义愤填膺，便和同学们积极参加了全昆明的大学潮，接到多封恫吓信而毫无畏惧。

一九四六年九月，绍尊先生离开昆明，经上海回到北平。新中国成立后，在光未然（张光年）先生的邀请下，到新成立的中央戏剧学院舞台美术系任教。到一九五八年，响应支援山西的号召来到太原，先后在山西艺术学院、山西大学执教二十一年，至一九七九年方离休回京定居。难怪绍尊先生对山西特别有感情，他说山西是他的第二故乡。

王绍尊先生的一生，基本上是在教席上度过的。他勤于备课，严于执教，且能因材施教，凡受教学子，无不感佩先生为人、为师的品格。他教素描，教透视，教美术史，教花鸟画，时时将心血倾注其间，至于篆刻之学，则是先生的余事，然而能卓然成家，为书画界所钦仰，也是有渊源可溯的。

早在师大附中读书时，绍尊先生便师从王君异学美术。王君异，名惕，是国画家王梦白的高足，当时是京华美专的教授，并兼教师大附中的美术课。承蒙王君异的引荐，又拜齐白石为师，此后便在齐、王二师的指导下学写意花鸟画，攻治印之学。

在昆明期间，通货膨胀，米珠薪桂，为维持生计，绍尊先生在教学之余挂牌治印，以为副业（当时闻一多先生也有此举）。几年间刻印两千余方，名声为之大振。一九四五年国共和谈，云南省文艺工作者联合会曾托李何林教授请王绍尊先生为周恩来、邓颖超、董必武刻了牙章。每谈及此，王先生便沉入对往事的回忆之中。

绍尊先生由昆明返平后，再度跟齐白石深造篆刻，白石老曾题署"绍尊印存"、"绍尊刻印"，以为绍介。其治印以白石为师，故风格亦近白石，又能远取秦汉意趣，近汲明清各家之长。所治之印，或古朴，或清秀，方寸之内，气象万千。当代海内外名人学者、书画家，诸如楚图南、李可染、叶浅予、冰心、李何林等一代人物，都曾请他治印。香港著名画家赵少昂得到绍尊先生篆刻后，便以"直逼秦汉，凌古铄今"为之评价。

"文革"期间，绍尊先生身处逆境，对篆刻仍孜孜以求，曾刻毛主席诗词印数以千计，并结印集出版。

先生离休了，时间方得宽裕，遂写了不少有关篆刻方面的文章见诸报端、杂志。又著有《篆刻述要》一书出版发行，启迪后学，颇受欢迎。《绍尊刻印》一书也已付梓，不久将与读者见面。

绍尊先生是我大学时的老师，我的第一方名章便是出自老师之手，此后先生多次为我治印。去岁，年近八旬的老人又为我治印两方。先生患白内障眼疾，还为我艰难辛苦地奏刀，我只有加倍地努力，方不负先生的厚望。

广胜寺壁画临摹记

霍山之南有霍泉，泉左有广胜寺，皆元明清三代之遗构也。寺之内壁，尽绘宝图，或佛教故事，或人物典实，其画精美，素为海内外专家注目。

一九六四年六月，山西大学艺术系国画专业，一行十余人在王绍尊等几位老师的带领下，赴广胜寺临摹壁画，车抵洪洞，时近傍晚，在暮色苍茫中，师生们分坐几辆马车，向霍山进发。一路说笑，一路欢歌，不觉天色向晚，已是明月当空，待到寺外，山门紧闭，推而不动，敲之再三，方有人应，进得山门。

寺分上下两处，中有羊肠小道，斗折蛇行，萦绕其间。山巅上寺，红墙碧瓦，掩映于柏林之间，唯飞虹宝塔，高出林表木末，辉映上下；山麓之下寺，遍植嘉木珍果，时维初夏，浓荫蔽日，鸣禽在树，清香拂面，钟磬声幽，栖居于此，其心境自然恬静澄澈。

壁画临摹开始，绍尊师安排道："先临《十二圆觉》，人各一躯，大家合作，不得有误。脚手架高，我攀不力，在下面为你们研墨备料。"诸同学对壁画精剖细析，详观力察，待动手摹写，则是着意双钩，屏气落墨，凡擦蜡设色等工序，无不尽心竭力。至于作品，吹弹香灰，流放屋漏，解数尽施，各见机巧。遂将一幅新作，竟加工到呈现出历经数百年风雨洗礼的色相。

一日，邓拓等同志到广胜寺巡礼，对我们恭谦相问："菩萨是男是女？既是女相，何长胡子？"绍尊师见我们对答如流，也自快意地莞尔一笑。

在下寺有明应王殿，为元代减柱造结构，殿颇深广，东稍间有戏剧壁画一铺，画中生旦净末，行当齐备，但见须眉生动，衣着飘举，顾盼有情，呼之欲出，历来为戏剧考据家奉为拱璧。画为元泰定年间所作，题曰《大行散乐忠都秀在此作场》，大家对此幅画作了精心摹写。上有题记一篇，与画同时，其书不恶，更有其珍贵史料价值，我费六天时间，临摹题记，其画与记，后藏山西省博物馆。

绍尊师，北京人，早年师事齐白石治篆刻与写意花卉，得白石老人真传。上寺毗卢殿前，有白皮松数株，临画之余，同学们每以长竿探扑松籽。其时也，绍尊师也参与其事。有同学赵光武者，广西壮乡人，颇淘气，常将剥完松籽之球，抛入空中，王师必频频躬身拾取，大家哄笑，老师同乐，而不知同学之乐其乐欤。

绍尊师又善琵琶，晚餐毕，偕同学数人，步于霍泉之滨，小坐分水亭上，观水中荇菜之荡漾，听石上清音之丁冬。偶然兴至，则命取琵琶，手挥古曲，嘈嘈切切，不知时过几许，琴音合入天籁，明月朗照溪流。

绍尊师亦颇诙谐。某日，我和亢佐田同学到道觉村理发，一丝念起，便剃了个光头。归寺时，正值中午，星期日改善伙食，桌上已摆满了丰盛的馔肴，同学们急欲下箸，绍尊师则正声说道："今天二位学弟落发为僧，遁入空门，再做几道素菜，为他们祝贺，至于这些鸡鱼，二位就不能贪嘴了。"又是一堂哄笑。

七月间，临摹任务方告结束。返校前，我们在洪洞县副县长李文选先生陪同下，游览了槐荫燕赵之大槐树和明代苏三监狱虎头牢。

九月间，我们所临摹之壁画在山大教工礼堂作了汇报展出。

观阎丽川教授书画展

  阎丽川教授，是我早已熟悉和尊重的美术史学家，记得上中学时，我手头就有一本陈半丁先生题签的精装本《中国美术史略》，这正是阎教授的著述。一九七六年冬天，我有幸拜访了阎教授。从唐山地震以后，阎老一直住在天津美院低暗潮湿的防震棚中，而这个患着气喘病的老人，却不在乎这一切，终日练着书画。他说，"文化大革命"以来，美术史、论不大能搞了，多年搁置的画笔，也很生疏，现在开始练起来。阎老那种学而不厌以及我向他请教时他那种诲人不倦的精神，使我深受感动。一九七九年，为了《中国美术史略》的再版，六十八岁的阎老来到五台山佛光寺、南禅寺考察，作资料的订正，我有缘作陪，他那种认真治学的态度和打倒"四人帮"后焕发的忘我著述精神，又给我留下了难忘的印象。

  最近，我在太原参观了"阎丽川书画展览"，饱赏了阎老的书画大作，又大享眼福。观其书法，既见其深厚的传统基础，又能别出新意，自成一家。如集毛主席词句"天堑变通途，高峡出平湖"的大字对联，笔势开张，气度不凡，以行草笔法写魏碑，严整洒脱，遒劲多姿；"辛酉五月杪一九四八年忆旧游——意摹庐山谣"的小楷，潇洒流畅，法度谨严；"西行长城怀古杂咏一首"隶书，熔汉隶《西岳华山庙碑》、《张迁碑》、《衡方碑》等于一炉，古朴苍劲，耐人寻味。此外，尚有楷书、行草各体，意趣横生，各尽其妙。读后，令人情舒意畅，深为服膺。阎老的绘画，早年多作水彩写生，有较好的功力，生动自然，自成风格，而国画作品，更臻其妙。一九四三年旧作峨眉纪游《双桥两虹影，万古一牛心》一幅，以墨笔而成，简淡古雅，似出自元人画法，也和画家当时处于日寇侵华时期的心情有关。而一九八〇年所画的一幅题为《苍龙》的古松，老干虬枝，横空出世，笔墨老辣，干湿互用，浓淡得宜，气韵生动，真有"干裂秋风，润含春雨"的极致。另一幅题为《清秋》的花卉，浓墨重彩，把雁来红和芙蓉花挥写得花光灼灼，暗香袭人。笔墨间，犹见缶老、白石气魄。"蕉荫攻读"一幅，芭蕉叶画得水墨淋漓，蕉荫下的椅子、书册等画得严谨简括，这正是阎老自己的生活写照，未见其人，如见其人，而技法上则是认真钻研"扬州八怪"的结果。阎老的足迹遍全国，所以他笔下所描写的山水画便是祖国的名山大川，诸如青岛、桂林、匡庐、峨眉风景，书绢中流溢着作者对祖国山河的热爱。《西岳华山》一幅中堂，似在太华北峰顶巅制稿，摩耳崖横卧莲花峰下，苍松老树点缀其间，云烟升腾，高峰峻极，真有西天一柱的感觉，而画面左上方用《西岳华山庙碑》碑额的篆书题字，更是锦上添花，相得益彰。

读阎丽川教授的书画展览，琳琅满目，我只能挂一漏万地作点评介，其妙处，正如全国著名画家孙其峰为该画展的题词："纵横挥洒，机无滞碍"。

当我走出展览厅，口中背诵着阎老今年夏天所书的《敦煌纪游》的诗句，"飞天伎乐都解困，四海齐听雨花声"，使我又想起了昨晚观看的《丝路花雨》，不禁就把那晚会和这画展联在了一起，铺成一条花光闪耀的艺术彩道。

潘公遗墨遐想

　　国画大师潘天寿，一八九七年三月十四日出生于浙江省宁海县冠庄村，一九七一年九月五日在"文革"中惨遭迫害含冤去世。先生一生孜孜于艺术教育事业，培养了数以千计的书画人才。在国画创作上，更是独树一帜，为中外人士所钦仰。早在二十年代，先生初到上海，见八十高龄的吴昌硕，吴便十分器重他的才华气质，曾以篆书对联见赠："天惊地怪见落笔，巷语街谈总入诗。"

　　潘天寿画名之盛，书名遂为其所掩了，然而纵观先生的书法，无论殷契、猎碣、篆、隶、行、草皆极精能高古，妙造自然，尤其是行草书，疏密相间，大小错落，洋溢着强烈的节奏感，正如沙孟海先生评其作品："沉雄飞动，自具风格。"先生之书，立足于传统，又能不囿陈法，有所革新，有所发展，早年陶泳于晋唐书法之中，潜心钟、颜。中年以后，专事于黄道周的结体，心摹手追，探其神髓。黄书纯用圆笔，而潘书方圆并用，以方为主，故所作坚挺清健，凌厉恣肆，勃勃然，生气排宕。

　　一九七五年十月我因书法展览事宜南适杭州，在清波门外的美术学院访问了画家周昌谷先生，自然谈到了潘老被害致死的情况，宾主一时戚戚然，愤愤然，然而在那个年代里，敢怒而不敢言，不禁沉默良久。临别时，昌谷先生以潘天寿所临黄道周墨迹见赠，并说："这是潘老的学书日课之作，留作纪念吧。"正是这种不成文的片纸只字，从中我窥见了一个伟大艺术家成功的奥秘，那就是严肃认真、一丝不苟的治学态度。一位卓有成就的大家，面对范本，一个字临了又临，写了又写，揣摩其特点，品味其神韵，直到心领神会，出神入化为止。就是这样日复一日，年复一年，一字字，一遍遍地潜研穷索，为艺术的高峰而不知疲倦地攀登，真是"看似寻常最奇崛，成如容易却艰辛"。而我们的一些学书者，虽临法帖，浅尝辄止，未曾登堂入室便掉头而去，还奢谈什么出新；铺纸挥毫，纵横涂抹，洋洋乎俨然大家，看似奇崛，实已流俗。每见此景，我常会想起潘老的这件墨迹来，它激励我认真地学一点东西。

周昌谷先生因创作了国画《两个羊羔》而誉满画坛，他的书法是学八大山人的，质朴无华，耐人品尝，奈何先生也已作古了，睹物思人，能不慨叹。

黄山邂逅老画师

　　不久前，参观李可染先生画展，勾起了在黄山玉屏楼与先生邂逅的一段回忆。

　　岁在戊午（1978），时维初夏，我由晋赴皖，登黄山至海拔一千六百多米的文殊台，下榻玉屏楼上。其楼背倚玉屏峰，面临巨壑，苍松点缀其间，奇石罗列左右。松以迎客、送客二株为最，树龄高在千年以上，虬枝老干，铁甲金鳞，横空出世，驾雾腾云，跃跃然欲拔地飞升。石以雄狮、巨象为肖，上多题刻，皆为点睛之举，往往引人入胜。过迎客松，下有天池一泓，清波荡漾，光采照人。花朝月夕，每有猴群，来饮于此，与人戏逗。下天池，有蓬莱三岛，小巧玲珑，若盆景然，奇石仙姿，天设地造。其景中，有一长者，鹤发童颜，有学者风，在一妇人和青年护持下，对景写生，神情专注。这便是杰出的绘画艺术家、美术教育家李可染先生，两位护持者，一为先生夫人邹佩珠，一为先生儿子李小可。

　　李老抵玉屏次日，适值夜雨初霁，热气上蒸，冷絮卷起，弥漫山谷。顷刻之间，茫茫大千，竟成云海。海到尽处，青天作岸；远峰出云，犹仙舟神槎。文殊台露出云表，也成化境，玉屏楼自是清都玉府。放目天都、耕云、莲花、莲蕊诸峰，近以咫尺，云海分隔，仰之弥高。李先生于文殊台上，观云海之变化，挹群峰之秀色。山色向晚，华灯初上，我于先生下榻处请教学画之道，先生循循善诱，要我借鉴传统，师法造化，在大自然中发现前人没有发现的新规律。"峰高无坦途"，必须脚踏实地，勤学苦练。先生将黄山写生见示，一幅铅笔速写迎客松，不独枝干穿插具体，就连针叶鳞片，也作仔细描绘。先生说："一寸画面一寸金。"所画《立雪台望白鹅岭》一幅，主峰突兀挺拔，白云卷舒，远山如黛，给人以凝重、深邃、博大的感觉，有如先生之为人。早在一九五四年，先生曾到此处，奈何风雨如晦，山岳潜形，文殊院火焚，玉屏楼未建。先生借居破室，以门扇作床，夜雨滴沥，床头雨漏，执伞而坐，俨然一苦行僧，居数日，与天都峰仅谋一面，画下了《文殊台望天都峰》一画。而今，先生年逾古稀，且有脚病，再次登上黄山，为山川写照，老而弥坚。

临别，先生为我题书"天道酬勤"，至今一直悬之座右，激励我"困而知之"。

我与南仙北佛墨缘

上海苏局仙与北京孙墨佛，在当今书法界有"南仙北佛"之称，又以其高龄善书，为人所尊重。我与两位老人虽不曾谋面，却神交有年，孙、苏二老虽已先后谢世，然翰墨之缘，我是不会忘情的。

还是在八十年代，百岁老人苏局仙所书的《兰亭集序》，在首届群众书法比赛中荣获一等奖，引起书法界人士的注目。然而获奖后，老人却写了一首诗："有意多情勉老夫，强将瓦缶作琏瑚。当今无限书家在，驽骥宁堪并驾驱。"这正是给那些稍有成就，尾巴便翘到了天上者当头棒喝。而老人的谦恭之风，则令人肃然起敬。

一九九一年元旦，上海朋友惠我苏局仙先生百龄晋秩大寿纪念封一枚，并得知百十岁老人仍是才思敏捷，记忆超人。四月间我便致函苏老，为五台山碑林乞字，始料不及的是，五月初便收到了先生所赐墨宝，除为碑林书件外，还赠我一帧，并嘱其子苏健侯先生复函于我："大札拜读，命书赵梦麟五台山观日诗附上。另家父以'福寿'两字呈奉，祈哂纳教正。家父说久仰你老大名，苦不识荆，更不知通信地址，欲致候无能。今天假良缘，借此大好机会，想恳乞墨宝，以光门楣，未卜肯俯允否？仰企之至，敬盼好音。"

我随即回函致谢，并奉上拙书"形其量者沧海，何以寿之名山"条幅，并请赐教。五月中旬，老人以诗代函，赠我七绝一首："三晋遗风重到眼，江南恰值麦秋初。菜汤麦饭尝新后，百读案头一纸书。"老人对我过誉，自不敢当，然激励后学，敢不勖勉奋进。

今年年初，得悉先生于年前十二月三十日仙逝，能不伤悼！

苏局仙，上海南汇人，一八八二年一月一日生，前清秀才，毕生致力教业，善诗词，擅书法，著有《蓼莪居诗集》、《水石居杂缀》、《东湖山庄诗稿》等。生前为上海文史研究馆馆员。

孙墨佛，山东莱阳人，生前为中央文史馆馆员。一九七九年岁末，我曾通过王绍尊老师向孙墨老为《春潮》杂志求字。先生于一九八〇年元月二十六日书元遗山《台山杂咏》一首见赐，时年九十有八。由此推算，先生也当生于一八八二年，恰与苏局老同庚了，难怪几年前"南仙北佛"互赠题词，遥致祝贺，一时传为佳话。

辛亥老人孙墨佛，青年时代便接受了孙中山先生的革命思想，加入了同盟会，在大元帅府任参军。一九二二年六月，陈炯明发动兵变，包围总统府。事件发生前，孙墨佛等得到讯息，面陈中山先生，中山先生便登上了"永丰"舰，方得脱离险境，免于遭难。

孙墨老一生酷爱书法，尤喜孙过庭《书谱》，得暇挥毫临写，至百岁而不懈怠。所临成册，图书充架，不计其数。孙老曾以手书整册见赠，并题："巨锁同志小友留念"。每翻阅先生所赠墨迹，那种认真临写、勤学苦练的精神，便使我从惰怠中勤奋起来，认真地学一点东西。

两位老人虽已作古，但他们所创作的书法艺术，他们的人品，将会永远流传下去。

怀念李之光同志

李之光同志去了，我失掉了一位良师益友，心中沉甸甸的。自他去后，他的音容却不时地浮现在我的脑海。

李之光同志早年毕业于抗日军政大学，一直在部队任职，曾任山西省军区参谋长，想来他是一位气宇轩昂、身材魁伟的将军。及至相见，竟是一位面目清瘦、恭谦有礼的军人。

他视我为书友，我敬他为师长。他自一九八一年十一月任中国书法家协会山西分会副主席以来，对书协工作总是认真、负责，竭尽心力，每会必到，事必躬亲。他培养和扶植中青年，一九八五年四月我们同到北京参加全国第二次书代会，他大力推荐青年人进入理事会。忻州举办全国青年书法大赛，他应邀出任评委，在评选中，严谨、认真、负责，令人起敬。我们同到郑州参加"国际书法展"开幕式，他和大家同座硬席车，在夏夜炎热的列车上，他和大家谈书艺、谈人品，令在座的同道油然敬佩。到烟台参加中国书协二届二次理事会，因李之光同志是山东淄博人，便与夫人顺路回乡探亲，及到烟台，我们下榻芝罘宾馆，他却把夫人独自安排到另一处住着。李之光同志是中国书协一届、二届理事，山西书协的领导，论年龄、论级别、论身体状况，由夫人陪同，同住芝罘绝不会引起非议，而参谋长没有那么做，只是在会议空隙时间，悄悄地去看看老伴。此举虽为小事，却感人至深，给我留下了深刻印象。

他病了，且是不治之症。一九八七年夏天，我在北京，和朝瑞、治国到三〇一医院探望他，将要动第二次手术了，他很豁达，一是没有压力，二是积极治疗。他关心的是山西的书法事业，他询问的是书界的老朋友。他在山西，有时由于身体不适，不便出门，便邀在并朋友到他家小聚，姚奠中先生来了，张颔先生也来了，诸位书法前辈为振兴山西的文化事业，用心可谓良苦。中午留饭，由参谋长的夫人掌勺烹调，那自然是一个怡悦的日子。

李之光同志的书法艺术，应了"书如其人"这句话，他初学欧、赵楷书，继学二王行草，故所作内含风骨，外现雍容，温文尔雅，不激不励，绝无东涂西抹之陋习和剑拔弩张之霸气，军人之作，诚为难能可贵。

一九八六年一月，我在太原举办个人书画展，在开幕的当天，李之光同志很早就来了，祝贺勉励之余，他让我为他画一幅指墨梅花，我应了。然而由于我的疏懒，至今还没有完成，没想到他走得这么快，竟使我痛疚不已，我失去了一位良师益友，我深切地怀念李之光同志。

追忆沙老二三事

日前收到中国书法家协会发出的讣告，惊悉我国书坛泰斗沙孟海先生于十月十日在杭州仙逝。噩耗传来，思绪联翩，夜不成寐，遂为短文，以寄哀思。

已是十七年前的往事了，一九七五年十月一日，"山西省书法作品展"在杭州西泠印社的"柏堂"和"观乐楼"展出，我随展赴杭交流。十月三日下午，山西和浙江两地十余位书法家到西泠印社的"吴昌硕纪念堂"举行笔会，仰慕已久的书坛名宿沙孟海先生来了，诸乐三先生也来了。座谈有顷，交流开始，我迫不及待地想看看两位老书法家挥毫的情景，然而诸乐三先生的右手在前不久因电风扇致伤，还在包扎治疗中，故不能握笔作书，深为遗憾。待沙老作书，大笔挥洒，墨沈淋漓，中侧兼用，顿挫随意，激扬飞动，一挥到底，所作气势恢宏，一任自然。然先生之书，愧我当时未能理解，便不以为然。只是先生作书激情豪迈、物我两忘的气氛使在场者注目凝视的场景给我留下了深刻的印象。

十月四日，我访问浙江美术学院教授周昌谷先生，在周先生不大宽敞的客厅里，悬挂着沙老所作的楷书横幅，其作用笔精到，古趣盎然，我观摩再三，为之倾倒。由江浙返晋，此作时时浮现脑海，便于同年十一月间致函沙老，敬乞寸楷墨宝。到一九七六年初我便收到了沙老所赐楷书长卷，所书内容为王荆公《半山即事十首》，随即装裱，悬诸座右，朝夕相对，引以为学习楷模，而今沙翁遽归道山，其遗墨我自奉为拱璧。日前翻检书箧，沙老为邮寄墨宝的信封尚在，这是一个已经使用过的旧信封，上面贴了一张白纸，以"3分"面值的邮票寄我，并写明"印刷品"字样，信封上还有一清晰的邮戳，标明发信时间是在一九七五年十二月三十一日十六时。睹物思人，能不慨然？

到一九八四年底，拙编《中国当代名家书元遗山台山杂咏》十六首书法册，再乞沙老作书。然函发数月，不见回音，窃谓沙老年事已高，应酬又多，此请怕要落空了。没想到，于一九八五年五月下旬收到了沙老书件，且得手教："我因病住院，将近半年，昨天甫出院，尊嘱写件耽搁多日，奉请指教，并请谅察为幸！"先生惠我甚多，真是感激无喻，遂将此作收入多种书册出版，广为流传，以飨同好，并将此作刊入五台山碑林，为名区增辉，与青山共存。

虞愚先生与书法

常访名山古寺，偶涉佛教典籍，因明学教授虞愚先生的著述，则是我喜爱的读物。

甲子岁暮，远游闽南，于泉州得虞老诗作十数首，于客舍中，拜读再三，一种考定正邪、研核真伪的哲理充溢字里行间。于开元寺参观"弘一法师纪念馆"，我为法师那种宁静、淡泊、疏朗、清雅的书法艺术所净化，连赏两日，不忍离去。在这个纪念馆，我也第一次拜读了虞愚先生的墨迹，这是一件评介弘一法师书法艺术的手稿。虞老说，弘一大师的书法造诣精深，作品的最大特点是"静"、"净"。我以为虞老的书法艺术也是对这两个字孜孜不倦的追求，尽管他早年潜心专研《三希堂法帖》，并请教于马公愚、于右任诸前辈，但得之于神韵形成虞老书法风格的，恐怕还是借鉴了李叔同先生的书法遗意的结果。当然也和虞愚先生是因明学家、诗人分不开的，他的书法艺术的内涵，不正是这些字外功夫吗！

乙丑季春，我于京华参加全国书法家代表会，有缘结识虞老，当时七十六岁的老人，精力充沛，记忆力惊人，神采奕奕，妙语横生。应我所请，当场挥毫，立成对联三件。先生作书，铺纸染翰，略作思索，遂悬腕落笔，顿挫铿锵，收笔时，作跳跃状，凝神静虑，一气呵成。赏其所作，刚柔相济，巨细辉映，风格典雅，自成面目。

去年，虞老两渡扶桑，不独讲学因明，还应日本朋友所邀作书法讲座并当场作书："泰山作笔东海墨，龙蛇飞舞将何极？直从文字放光明，照破万方沉云黑！"这正是先生传道作书的追求和目的。

"左书"费新我

费新我先生的名字，大约在三十年前我上初中的时候，就熟悉了。当时我爱美术，而费先生所著《怎样画铅笔画》、《怎样画毛笔画》等美术普及读物，便成了我的良师益友。后来先生以内蒙人民生活为题材而创作的草原风情画卷，如《挤奶图》等作品，都给我留下了深刻的印象。到七十年代初，先生的"左书"名声大著，其书作，结字奇拙多姿，运笔跌宕潇洒，用墨干湿相映，布局错落有致，一种别开生面的书风，不禁使人钦羡。

一九七五年秋，我随山西书展到杭州展出时，道经苏州，便在一个细雨空濛的日子里，去拜访了费新我先生。当时已年过七旬的老书家，看上去却十分健康，也很健谈，对一个年轻的求学问道者，随和恭谦，平易近人，并为我解难释疑，深入浅出地介绍学书之道。

费老，原名省吾，后改为新我，字立千，一九〇三年生，浙江吴兴人。先生是美术教育家、画家、书法家，正当功力深厚、精力充沛的创作之年，不幸的是在先生五十六岁的时候，右手患了结核性腕关节炎，不能再挥毫创作书画了。这对弱者来说，无疑是艺术生命的终止；对强者来说，却要争取闯出一条生路来。自此，先生再用左手练起书法来，他钻研颜书及二爨、龙门、汉隶、秦篆、章草诸碑帖，在学习传统的基础上形遇迹化，融会百家，自出机杼，创造出自己全新的面目来。费老通过孜孜矻矻数十年的努力，终于获得了成功，不独在国内书坛上独占一席，享有盛誉，前年在日本的东京、大阪举办个展时，也获得了高度的评价："费新我先生不仅是一个艺术家，也是一个哲学家，是一个有志之士。"去年先生赴美国归来，为我作书一幅，古拙厚重，典雅质朴，亦先生晚年之精品。

九月初，我在郑州参加国际书法展览开幕式，有幸又遇上费老，八二老人，身体还是那么硬朗，神采奕奕，精神矍铄，我向老人祝贺："费老不老，左笔长健，古藤老桧，争奇斗妍。"

谁能料到，这位"秀逸天成郑遂昌，胶西金铁共森翔。新翁左臂新生面，草势分情韵更长"（启功诗）的左翁，竟于一九九二年五月五日与世长辞了，讣告邮来，追悼会已经开过，我只能展对先生的墨迹，默默地致哀了。

胡问遂先生

还在"十年劫难"中，书法事业濒临绝境，胡问遂先生则在报刊上发表文章，呼吁"要学一点书法"。我看到这篇文章，心情甚为激动，须知那是在艺术事业窒息的年代里。

乙丑四月，在北京参加中国书法家第二次代表大会，我有幸认识了这位海上书坛名家胡问老。修长的身材，白皙的面孔，高高的鼻梁，微深眼窝，看上去，有点外国人的感觉，有人开玩笑说"一位俄国书家"，引得几位哄然而笑。

胡问遂先生，祖籍浙江绍兴，出身于书香之家，十岁时便开始在方砖上练大字《麻姑仙坛记》，日临百字，从无间断。小小年纪，便练就了坚劲的腕上功夫。到三十五岁时，胡问遂先生在上海拜沈尹默为师，成为沈的入室弟子，从此在沈老的辛勤培养下，书艺日高，书名渐著。胡先生学书，一是勤奋，二是认真。一卷颜书《告身帖》，四年的时间里，竟临了一千余遍；而所临苏书《黄州寒食诗》和《郑文公碑》，几欲乱真。而后先生又博采众长，兼收百家，积数十年的功夫，形成了严谨中见风采、敦厚中富韵致的书风。

丙寅十月，六十八岁的胡老在夫人的陪同下，到烟台参加中国书协二届二次理事会。一天晚上，我和朝瑞兄去拜会胡老，他正在卧床休息，起坐时，还得夫人去扶持，先生似乎比以前有点瘦弱了，他说话不多，声音也不高，但极有见地谈了对当今书坛状况的看法，使我们受益匪浅。烟台会后，先生又走访了掖县"郑文公碑"，这是先生早年临帖中用力尤勤的刻石，他为了得见庐山真面目，领略石刻神态，体察书法意趣，不顾体弱多病，不远千里而来，徜徉云峰山中，伫立摩崖碑下，顾盼入神，不忍离去。先生这种探索精神，老而弥坚，我在其旁，甚为感动，遂为先生和夫人摄影留念，先生自是高兴。

日前，胡老应约，为我们书史监《中台拥翠峰》诗句："深树浮岚晴带雨，阴崖积雪夏生寒。"读其诗，有如置身五台山中，饮甘泉，临松风，清凉惬意，甚是可人；赏其书，老笔纷披，骨气洞达，浓墨华滋，韵味无穷。

"晋西北风情书画联展" 前言

　　这是一片古老的黄土地，自古以来，人们栖息着，繁衍着。

　　紫塞烽烟，黄河落日，它是苍凉的、悲壮的。

　　男人走口外，女人挖苦菜，它是凄楚的、辛酸的。

　　弹洞前村壁，装点此关山。保卫黄河，打击日寇，它是雄伟的、激越的。

　　五哥放羊，挂红灯，它是多情的、真挚的。

　　……

　　小流域，绒山羊，绿了荒坡，白了草场。

　　神河铁路，天桥电话，富了晋右，亮了高原。

　　高楼瓦舍，豆架瓜棚，有城市的喧闹，有田园的闲逸。

　　唢呐声，酸捞饭，声声悦耳，餐餐香甜。

　　桂龙丸，斑秃丸，享誉四海，助人常健。

　　山画家，海作家，针砭时弊，讴歌中华。

　　……

　　这是一片神奇的黄土地，人们辛勤耕耘，忘我劳作，编织着故事，创造着未来。这"晋西北风情书画联展"，不正是要展现这广袤无垠的画卷吗，它确是一个好的开端。

得意淡然　失意泰然

祸福相生，得失转化，世间的事物大抵如此。在人生的旅途上，我已走过五十多个年头。回首往事，似乎没有留下最为得意和失意的印迹，组成我以往的既平平淡淡、从从容容，又实实在在、自自然然的生活。

大学五年，我专修国画，兼及书法，虽然孜孜矻矻地下苦功，却从来没有过要做书画家的奢望。大学毕业后，我被分配到一个地区的行署文化局从事美术的组织辅导工作。不到一年工夫，"文革"开始了，我离开了机关，住进了文庙（当时作展览场地），一住便是十年。

社会上风云变幻，大厦将倾，生灵涂炭；我自己一介书生，无力回天。为了打发时日，为了排遣忧郁，我便偷偷借来一套《三希堂法帖》，由读帖到临帖，时间一久，心境慢慢地平静了，进而沉浸在古人的笔情墨趣之中。一墙之隔的城街上，"打倒孔老二！"的口号声声，我浑然不觉，离我居室不远的古城楼上，时有"武卫"的机枪"哒哒"声，我也充耳不闻，我竟为那书法名帖所吸引，心灵似乎得到了解脱，有些超然物外了。一部《三希堂法帖》

我不记得临写了多少遍，我只知道我的床底下堆满了几捆写过的纸张。"文革"后期，我四处搜寻并临摹了从魏晋到宋元的名帖。

"十年浩劫"过去了，许多人都哀叹年华的虚度，我却因为这十年的"逍遥"，能在祖国的传统书法艺术园地中，寻到一方净土，并采撷着芳香花蜜，对此，我感到由衷的高兴和无比的欣慰。这便是我在十年大不快中所求得的小快意。

我平生最快意的事情，迄今为止，莫过于登山观海，访胜探幽了。我学中国画，尤以画山水为主，外师造化，中得心源，自然是不二法门。只有胸罗丘壑，方能造化在手。我便跟踪古今贤哲们，行脚天下，仰观俯察，"搜尽奇峰打草稿"。也庆幸我与祖国的大好河山结下了不解之缘，二十多年来，足迹遍华夏。东临沧海，西出阳关，两凌泰岱，三上华岳，登武当，攀峨眉，跻匡庐，访黄山，普陀听潮，九华看竹，青城寻幽，雁荡探奇，三峡放舟，漓江选胜，塞外草原，路南石林，湘西张家界，闽南泉州湾……登山，情满于山；观海，意溢于海。那一山一水，一草一木，一鸟一石，都令我神往，令我陶醉。这"游山玩水"委实是使人惬意的，然而，个中的甘苦，非亲历者，怕也未必了然。那乐趣往往就在苦趣之中。

一九七三年冬，我由广州沿西江乘船而上，经肇庆，至梧州，然后转乘汽车到阳朔，后泛舟漓江，一路风尘仆仆，由兴坪徒步到冷水村对面的"画山"写生。那个年月，在乡下连顿热饭也买不到，只在冷水小学讨了一杯凉水喝，曾有句"两鬓婆娑衣袖冷"，以记行色。

一九七六年十一月，打倒"四人帮"不久，禁锢多年的山水画也得到了解放，我的心情格外舒畅，便借到西安出差之便，顺路上华山写生。时值隆冬，冰天雪地，而奇险的华山却因此更显得峭拔妩媚了。欣喜之中，我在零下二十七摄氏度的气温中，硬是"呵冻"画下了十余张水墨写生。谁知就因此身体大伤元气，竟卧病于临潼的骊山饭店，头痛不止，高烧不退。

一九七八年五月，在黄山二十余日，早出晚归，一壶凉开水，几个冷馒头，不管风霜雨雪，在奇峰狭谷中，对景挥毫，选胜入画，以致口唇干裂，齿龈溃烂，流血不止，疼痛难耐，不堪入睡。然此行得画稿九十余件，自可慰藉，还有幸在玉屏楼得见国画大师李可染先生，求赐教诲，受益良多，我曾为文《黄山邂逅老画师》，以记其事。

一九八二年四月，结伴上峨眉，从万年寺起，冷雨连绵，泥泞满道，猿啼蛇惊，煞是艰苦，至洗象池，同行者再也耐不得受这份"洋罪"，便知难而退。我不忍半途而废，便欲独造其巅，腿力不济，手足并用，终于爬上了无止尽的天梯石磴，在金顶得见云海大观，开我眼界，拓我胸襟，壮我情思，助我笔墨。

一九八八年十一月，我在河西走廊旅行，归途中，取道张掖至西宁的路线，风雪中，汽车缓缓地行驶在荒寂的戈壁滩上，车到祁连山脚下，进入扁都口，据说这里就是当年隋炀帝西征时遇风雪而迷途，官员士卒损失大半的大斗拔谷。我行其地，时值严冬，汽车又不时抛锚，时间有限，路程尚远，连在青石嘴就午餐的时间也临时取消了。上大坂山，汽车打滑，旅客只好离座推车，饥肠辘辘，冻饿难耐，一天行车十五小时，方抵西宁，其苦累，也无力再说。

多少个春秋，多少次出游，是苦耶？是乐耶？我以为乐中有苦，苦中有乐，苦尽甜来，我每次出游，身子也许会变得消瘦和憔悴些，心底和画囊则变得更加充实，先后得画稿数以千计，写游记数十篇。

对于一个书画家，成名应该说是一件快意的事情，然而成名后的苦衷，怕是常人所不能了解的。十几年来，我的书画作品多次在国内外展出、发表，被博物馆、美术馆、纪念馆所收藏，为全国各地风景名胜区所征集，而后被刊刻成碑碣、楹联、匾额，传略被收入各种书画家辞典等等。随着名气的不断上升，从容的生活方式被搅乱了，海内外求书索画者，与日俱增，登门拜访求教者，络绎不绝，无休止的应酬，还不完的书画债，这样从从容容就变成了忙忙碌碌，平平淡淡就走向了轰轰烈烈。

一九八六年和一九九○年我先后在太原和深圳举办了"陈巨锁书画展"，展览获得了高度评价，圆满成功，已故著名书画家冯建吴教授生前曾有诗赞道："三绝风流粹一堂，铸熔今古出新章。养疴使我移情绪，艺苑长教意气扬。"中国书协副主席王学仲先生曾撰文评价："巨锁同志善写章草，为书法家；善作诗，有元遗山幽并之气，为诗人；善写文章，颇多波澜，为作家；善画花木山水，为水墨画家。巨锁同志人在中年，就已涉猎中国文学艺术的几个领域，潜心致志，会通书诀画理，其作不矜才，不使气，水墨画妙合自然，神融于物，于书法取简牍而丰富章草，绍米颠而旁汲青主，从师承中延伸出个人朴实严整的格调……"对这些前辈的评价和赞美，我当然是感激的，艺术的高峰本无止境，我的水平与他们赞扬的高度还有很大的差距，我认定他们的话是对我的鞭策和鼓励。

艺术生活如此，生活琐事又何尝不是呢，每个人都有自己的苦和乐，都有得意和失意的时候，我对得意和失意的态度，正是送给一位朋友条幅上所写的八个字："得意淡然，失意泰然。"

后　记

　　上大学时，攻读美术之学，尤耽国画山水。工作以来，机缘不浅，有幸外出，饱游饫看，览山川之形胜，挹江河之秀色，每逢佳绝处，必染翰理纸，写生作画，兴之所至，几忘寒暑劳顿。三十年来，外师造化，画稿盈积。写生之余，于寒馆逆旅之中，或华堂客舍灯下，日志见闻，得景境、情境、民俗、人文十余册。

　　偶有至友浏览拙稿，或因嗜痂错爱，每促梳理成章。我素懒散，迄今为止，方摘录四五十段，敷衍成篇，见诸报端、杂志，亦感谢编辑同仁的厚爱和催约。

　　我于文学，虽甚喜欢，却未钻研，偶然弄笔，自属客串。有道是敝帚自珍，遂将杂稿结集出版，旨在就正于方家读者，诚望不吝教削。

　　拙稿付梓之际，承蒙文坛前辈萧乾先生题赐书眉，画坛耆宿力群学长复惠序言，山西高校联合出版社总编刘长鼎先生和编辑姚国瑾同道大力支持，自是感激无喻，于此深致谢忱！

陈巨锁

一九九四年三月十日于文隐书屋

图书在版编目（CIP）数据

隐堂散文集/陈巨锁著 . --太原：三晋出版社，
2013.7
ISBN 978-7-5457-0775-5

Ⅰ.①隐… Ⅱ.①陈… Ⅲ.①散文集—中国—当代
Ⅳ.①I267

中国版本图书馆CIP数据核字（2013）第160853号

隐堂散文集

著　　者：陈巨锁
责任编辑：薛勇强
责任印制：李佳音
出 版 者：山西出版传媒集团·三晋出版社（原山西古籍出版社）
地　　址：太原市建设南路21号
邮　　编：030012
电　　话：0351-4922268（发行中心）
　　　　　0351-4956036（综合办）
　　　　　0351-4922203（印制部）
E－mail：sj@sxpmg.com
网　　址：http://sjs.sxpmg.com
经 销 者：新华书店
承 印 者：山西臣功印刷包装有限公司
开　　本：787 mm×1092 mm　1/16
印　　张：14.5
字　　数：180千字
版　　次：2013年8月　第1版
印　　次：2013年8月　第1次印刷
书　　号：ISBN 978-7-5457-0775-5
定　　价：28.00 元